Fragmentos de Alma

CIP-BRASIL. CATALOGAÇÃO NA PUBLICAÇÃO
SINDICATO NACIONAL DOS EDITORES DE LIVROS, RJ

T278f

Temer, Maristela, 1972-
Fragmentos de alma / Maristela Temer. - 1. ed. - São Paulo : Noeses, 2020.

192 p. ; 23 cm.
ISBN 978-65-990513-5-7

1. Romance brasileiro. I. Título.

20-65954

CDD: 869.3
CDU: 82-31(81)

Camila Donis Hartmann - Bibliotecária - CRB-7/6472

Maristela Temer

Fragmentos de Alma

2020

editora e livraria
NOESES

Copyright © Editora Noeses 2020
Fundador e Editor-chefe: Paulo de Barros Carvalho
Gerente de Produção Editorial: Rosangela Santos
Arte e Diagramação: Renato Castro
Revisão: Ariene Nascimento
Capa e ilustrações: Aliá3 - Marcos Duarte

2020

editora e livraria
NOESES

Editora Noeses Ltda.
Tel/fax: 55 11 3666 6055
www.editoranoeses.com.br

Para Ana que trouxe, com ela,
toda a luz que eu precisava e nem sabia.

Prefácio

O dia estava frio e eu comecei a ler "Fragmentos de Alma", de Maristela Temer. Antes da frieza do dia, havia pensado nas noites que se prologam quando a alma dói.

Maristela é psicóloga de formação e poeta de ditos cortantes que dedilham delicadezas sobre os dias frios e os outros. Tenho lido seus pensamentos e pensado nos ditos que expressam vida amadurecida pela vida dos outros e pela própria, cortes e cicatrizes. Ser convidado para prefaciar a obra de estreia da escritora é honroso e desafiador. O que dizer, depois do que li, no dia frio de um dos tantos invernos que nos compõem?

Não quero antecipar a força psicológica das personagens que vivem em uma fazenda. Dos sonhos desfeitos em areia. E da pedra bruta que foi formando o que pode de cada um.

A saga é das mulheres. A avó, Eva, parece ser outra inauguradora de mundos. Como a de Adão, talvez tenha pecado. Ou não. O que é o pecado? Deixou Eva o menino para viver na casa onde poucos viviam. Deixou os dias quentes de luar, acompanhada, para ser outra. E o menino ficou a cultivar o jardim. Tão ao lado um do outro e tão silenciosos. A mãe, filha da avó, filha de decisões arbitrárias desrespeitadas por Deus ou pelo destino, também conheceu o menino e o seu silêncio e a sua jardinagem de alma. Qual o segredo daquelas mãos?

O romance traz os sentimentos quebrados em fragmentos. Quem entende onde mora o amor? O que é o amor? O que tenho ou o que me falta? Teria razão a narrativa de Aristófanes, no Banquete de Platão? Dizia ele que, no início dos tempos, os homens eram completos. Diferentes do que somos. Tinham duas cabeças, quatro pernas, quatro braços e uma circularidade que lhes bastava. Então, soberbos, resolveram lutar contra os deuses. E, então, perderam. Zeus, como reprimenda à ousadia, castigou-os, cortando os homens ao meio. E assim, o homem, caído na terra, saiu a vagar pela outra metade, em busca da completude perdida. Platão parece não concordar, por isso põe na boca de Aristófanes, e não de Sócrates, a narrativa.

Há outras, na obra. Há uma sacerdotisa que explica a força e a fragilidade do amor, o engenho e a mendicância. É Diotima, falando de Poros e de Pênia, geradores de Eros. Por isso, o amor/paixão é tão dual. Platão parece nos querer apontar para o alto. Para que deixemos a caverna das frivolidades e nos apropriemos da essência luminosa de que somos.

O que é o amor? O que tenho ou o que me falta? Se é o que me falta, nunca estarei satisfeito. E a busca será o tom do meu existir. Se é o que tenho, compreenderei o que me falta como parte do desnecessário da vida. E viverei com as escolhas e circunstâncias do viver. Há muitos aprendizados no Banquete. Dentre eles, as incompletudes. Contra a soberba, os cortes. É assim que vamos em busca do outro, de nós mesmos.

Fui lendo o livro, página por página. Sorvendo as explicações sem explicação. De onde vem o que somos?

Maristela, conhecedora da alma humana, vai descortinando atitudes, relembrando passados. Não caímos em uma fazenda como caem os frutos de uma árvore. Somos a árvore que tem raízes e que dá frutos. As raízes quebram terras quando incomodadas, buscam espaço e suavidade e encontram limites e seres potentes na destruição. Se forem fortes, prosseguem. E crescem. E geram sombras e alimentos. E cumprem o seu papel.

Maristela é mulher, é filha e é mãe. Na ficção que nasce dos seus dedos, as mãos estão distantes. E as mães. E, em mundo grande, as distâncias cobram seu preço. Os homens estão lá, também. Mas a opção foi pela mulher, terra, geradora, gastadora de futuros. Ferida e felina. Animal de muitas vidas. Os partos trazem vidas geradas no desconforto e na dor. É assim que é. E depois? Depende do antes. Da estação que estavam vivendo.

O silêncio é, também, personagem. O que não se disse? O que não se conseguiu dizer. E há, também, as epifanias. Uma visão e a felicidade mora na casa que não tenho. E a outra visão diz o mesmo. E o que deveria ser dito ficou do lado de dentro. Não da casa, onde parecia haver felicidade. Mas na casa fechada por chaves do que outros decidiram. Parece um livro de pessimismos? Um romance cujo realismo nos retira a brisa leve da esperança? Não. Definitivamente, não.

No dia frio em que li, fiquei, aquecido. Dormi no primeiro dia, ainda sem ter lido o desfecho. Madruguei curioso e prossegui. Parei, algumas vezes, e compreendi que aqueles sentimentos eram universais. Na primeira fazenda, o mundo vasto, desconhecido. Na segunda, o possível. Mais não posso dizer. O que digo é que Maristela Temer é uma escritora de fôlego. Que prossiga, é esse meu desejo amoroso. Desejo de quem ama as gentes e as palavras. E as histórias nascidas desses encontros. No não dito também moram palavras. Dentro da gente, das gentes. E um dia, alguém lê e semeia...

Boa colheita, boa leitura.

Inverno de 2020.

Gabriel Chalita

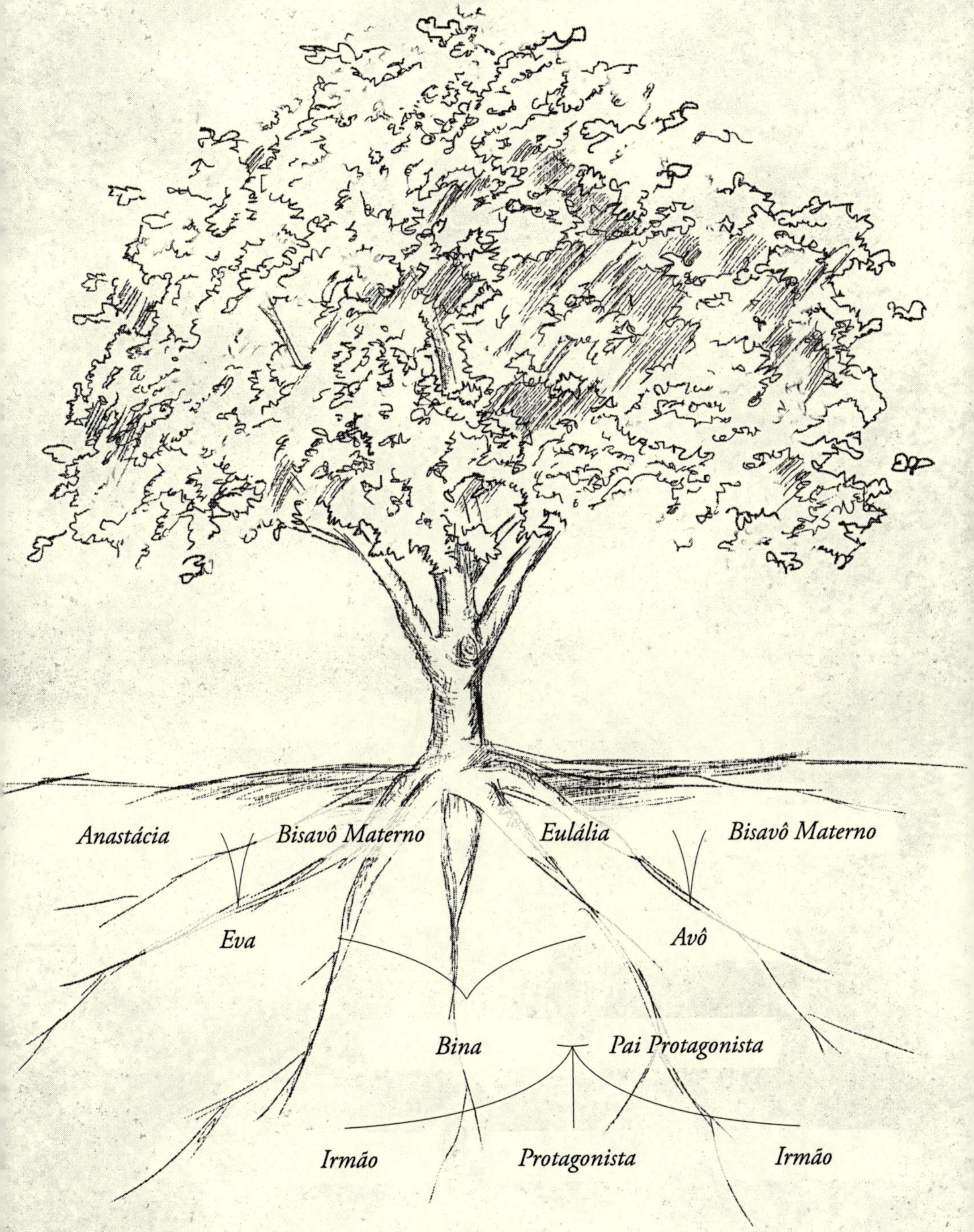
Anastácia
Bisavô Materno
Eulália
Bisavô Materno
Eva
Avô
Bina
Pai Protagonista
Irmão
Protagonista
Irmão

Início

Deitada na cama, esperando ela vir me buscar, contava os azulejos do teto. O branco do quarto, que deveria me trazer paz, sufocava-me, dificultando ainda mais minha respiração já tão descompassada.

Estava enjoada, não suportava mais o cheiro de carne estragada. A minha carne apodrecida, misturada com o cheiro de morte transpirando no hospital, faziam-me respirar um ar contaminado.

Ninguém percebia que havia desistido. Não queria mais me curar, queria morrer quieta, mas o entra e sai das pessoas no quarto, não deixava. O barulho das enfermeiras era incômodo. A quietude da morte me parecia tão aconchegante.

Não tenho medo de morrer, tenho uma saudade antecipada das coisas daqui; especialmente das cores e dos cheiros da infância – outro tempo de mim hoje –, que guardei em uma caixinha sagrada do melhor da vida.

Sinto algo entre minhas pernas e não há nada de sexual nisto. Estou usando fraldas.

Imediatamente penso em Cristo e Buda com seus fraldões. Cada um à sua maneira, usavam trapos cobrindo a genitália e parte da bunda. Tive vergonha do pensamento e lembrei, quase morrendo, que o que pensava era só meu.

Tirei minha fralda e, podendo pensar livremente, decidi andar nua, acompanhada da nudez de Cristo e de Buda.

Minha nudez contou a idade. Caminhava com a pele flácida. Meses de hospital revelavam as sobras de um ventre que, antes redondo, perdera gordura. Escolhi caminhar com meu corpo de criança.

Por muito tempo andei criança nua, acompanhada de dois homens também nus.

Cristo à direita e Buda à esquerda.

Andamos tanto que, esgotada, fechei os olhos. Mais alguns passos e me entregando ao cansaço, voltei para a fazenda.

Capítulo 1

Sou a primeira e única filha. Vieram, depois de mim, dois meninos.

Nascida mulher e antes dos outros, recebi como sina participar de um jogo perverso de desamor ou de ódio, nos melhores momentos. Odiar faz correr vida nas veias, enrubesce as bochechas, mas o desamor suga a essência, empalidece a face, cria um morto-vivo.

No enterro de Eva, minha avó materna, eu chorava muito. Bina, minha mãe, recebia os pêsames impassível.

Eva era quem me enraizava. Existia, porque ela me via. Era cria dos seus olhos. Ela estava parando de me olhar, e eu desapareceria.

Desde eu muito pequena, deixava clara sua predileção por mim. Nunca disse a meus irmãos para chamá-la vovó, mas que eu não a chamasse assim era sua maior tristeza. Durante anos insistiu no assunto:

– Eva sou de todo mundo, mas Vó sou só sua.

Percebendo meu esforço em agradá-la nas minhas tentativas e fracassos, acabou desistindo.

– Filha, é melhor me chamar do seu jeito mesmo, antes que deixe de falar comigo por não saber como me chamar.

Foi uma libertação poder dizer Eva sem culpa. Era muito difícil para mim já que, mesmo minha mãe, só se referia a ela pelo nome.

Baixaram o caixão e fui tomada por um vazio enorme, maior que meu corpo. Fiquei todinha oca. Minha mãe vendo meu estado disse com uma firmeza que o álcool sempre roubou dos seus passos e de sua voz:

– Te amar tanto era só um jeito de me machucar mais.

Ouvi e sabia que era, em parte, verdade.

Capítulo 2

Os parentes do meu avô materno tinham muitas terras no interior, várias famílias moravam e trabalhavam na fazenda, inclusive a da minha avó. Ele, meu avô, já estava com trinta e cinco anos e não se decidia por casar. Moça nenhuma servia, até encontrar com Eva que foi pedir socorro na casa sede.

Meus bisavós já se perguntavam até se ele gostava mesmo de mulher, por isso foi um alívio saber que ele havia se encantado por alguém, ainda que fosse uma filha de empregado.

O problema estava na outra ponta. Ela tinha dezenove anos e estava muito apaixonada pelo ajudante de jardineiro do lugar. Já haviam combinado, inclusive, de fugir. Quando meu avô apareceu no casebre para pedir a mão da minha avó, ela soube que teria que aceitar. Além da oportunidade de uma vida melhor, se negasse a mão da filha, seu pai perderia a casa e o emprego. E se ela fugisse também.

Eva cedeu, mas fez uma promessa; nunca daria filhos a esse homem. Quase conseguiu. Tomou todos os chás, ervas anticoncepcionais e abortivas enquanto menstruou. Minha mãe escapou não se sabe direito como porque minha avó, assim que percebeu, fez de tudo para tirar. Desistiu quando estava no quinto mês de gravidez e já não podia fazer mais nada a não ser desprezar aquela criança.

Foi assim que começou a relação entre as duas.

Meu avô por sua vez, amou sua mulher até onde um amor pode ir antes de virar desencanto. Amava tanto que, sonhando com filhos, deixou de amar minha mãe para não contrariá-la. E quando o amor por minha avó já estava cansado – porque antes de virar desencanto o amor vira cansaço – passou a visitar prostitutas no povoado. Acabou bancando uma delas. Minha mãe, com doze anos na época, iria para o internato. O caso do marido serviu para minha avó decidir que fossem para uma cidade maior. Para ele dizia:

– Dinheiro sem bons modos não garante marido. Essa menina precisa estudar para encontrar serventia.

E para quem quisesse ouvir:

– Não vou dividir o patrimônio, se os gases noturnos são só meus.

Conseguiu que mudassem e isso, minha avó também nunca perdoou minha mãe. Por ter servido de boa desculpa para sair da fazenda.

O tempo na cidade foi curto, repetindo minha avó, minha mãe casou aos dezenove.

Depois dela casada, meus avós decidiram voltar, morreram na fazenda. Ela, seis meses depois dele. Dizia: – Para que viver sem meu amor?

Nos últimos anos da velhice, pareciam namorados. O ódio, depois que destrói tudo, acaba perdoando.

Mas minha mãe, acho que não foi perdoada até o final.

Tudo isso foi minha avó quem me contou. E também contou que eu trouxe de volta a alegria para ela.

Capítulo 3

Passei muito da infância na fazenda. E via desde sempre, que minha avó me mimava enquanto perscrutava a reação da minha mãe. Percebi isso quando pequena, mas gostava tanto que Eva me amasse que fui esquecendo. Será que eu também gostava, para além do carinho, de triunfar sobre minha mãe?

Quando eu nasci, fui escoando para as mãos da minha avó. Já o resguardo foi passado na fazenda. Minha mãe estava sempre junto. Por perto, ao redor, por ali, nunca comigo. Percebo isso agora, quando criança era bastante confuso. Está, mas é inconsistente. Uma criança não decodifica.

Nunca entendi bem se minha mãe me ofereceu como um presente, proposta de trégua, que nem funcionou, ou se ela simplesmente não me queria mesmo. O que sei, porque vivi e ninguém me contou, é que os irmãos menores cresciam soltos, e de mim, a minha avó cuidava.

Não estou me queixando, adorava ser cuidada por ela. Como seu afeto por mim era proporcional ao desprezo por minha mãe, tudo excedia. Os carinhos, os presentes, tudo. Minha mãe assistia sofrendo de camarote. Quanto mais ela sofria, mais minha avó me amava e mais distante minha mãe ficava, tentando me preservar do seu ódio por mim. Não seria essa uma forma de amor?

Como a fazenda ficava longe de tudo, as coisas nasciam e morriam ali mesmo. Crianças e idosos, frutas e flores, dores, ódios, amores e também as lendas. Aquele lugar criava e consumia vidas. Tudo partia dali e ali se encerrava.

Uma coisa ou outra vinha do mercadinho do povoado mais próximo que ficava distante o suficiente para uma única compra mensal que chegava de carroção de boi. Os produtos eram revendidos aos empregados. Quem estivesse sem dinheiro, deixava com o administrador o nome, que ele anotava em uma cadernetinha com o valor da dívida ao lado. No mês seguinte, o dinheiro era descontado do ordenado:

– O empregado não fica devendo e eu não fico sem o dinheiro. Ganham os dois.

Dizia meu bisavô e depois meu avô.

De tudo se plantava e de tudo se comia. As fartas saladas vinham da horta e as frutas maduras do pé no quintal. O pão saía quente derretendo a manteiga feita no dia. O leite espumava. Nesse gozo todo, um azedume. Muito era impermanente, a tensão entre as duas era estável. E isso contaminava o pão, o leite e todo o resto.

As decisões importantes sobre mim eram tomadas por minha avó, nunca vi minha mãe discordar. Dela, eram os meninos. Havia um silêncio se o assunto era eu, caso Eva não dissesse nada, minha mãe se manifestava. Sobre a escola da cidade minha avó disse, então só fui aos doze anos.

– Até os doze a mãe também viveu aqui e no fim, lê e escreve igual o resto. Ela vai aprender mais comigo.

Ninguém contestou e o assunto morreu.

Teoricamente morávamos na cidade, mas enquanto não fui à escola, passávamos seis meses na fazenda e quinze dias em casa com meu pai. Entendi depois, o casamento dos meus pais era assim também, teórico. Tiveram, em teoria, três filhos. Na prática, meus irmãos não são filhos dele.

Capítulo 4

O que mais me lembro da fazenda é do céu e do desamor. Em nenhum outro lugar, vi um céu ou um desamor como estes que conheci. Enquanto o céu pulsava, mudando de cor, brincando de nuvem, o desamor era seco, denso, estático. Quando ele oscilava um pouco, ninguém mais respirava. Como um caramelado, que apesar de todas as trincas, permanece junto e firme desde que ninguém cutuque. Assim era o desamor de lá. Quase doce.

Tanto desamor, foi pai de uma civilidade absoluta. Todos eram cordiais, gentis, silenciosos, educados, com os outros e consigo mesmo. Menos minha avó, que era o homem da casa e às vezes precisava falar mais grosso, mas mesmo nela, essa espontaneidade era pouco confiável, todos cuidavam para que as trincas não abrissem de vez.

Só que eu era criança e o mundo era meu. Cada segundo da minha recente existência estava concentrado na diversão, e uma fazenda cheia de moleques é o melhor lugar para isso.

Eram mais de cinquenta famílias com uma média de quatro crianças por casa. Tinha para todos os gostos e idades e, como não faltava espaço, podíamos ser barulhentas, e éramos. Livres também. Durante os primeiros anos, tentaram nos manter, a mim e meus irmãos, distantes dos outros. Logo desistiram, criança fareja criança. Havia um limite imaginário que separava a casa sede do resto da área. O encontro era nessa fronteira. Eles vinham nos buscar e nós íamos encontrá-los. Quando a família cansou de lutar contra a natureza infantil, fomos autorizados a brincar em um determinado espaço. O que significa, em uma fazenda, muitos e muitos metros quadrados. Como o ser humano é saco sem fundo, ainda assim reclamávamos durante o jantar. Ficávamos indignados por não poder, por exemplo, ajudar as outras crianças a debulhar o milho.

Por isso, a vida toda associei o desconforto à liberdade. Um proporcionando o outro.

Um dia quando eu tinha seis anos, olhei para cima e vi um céu azul, limpo, só uma seta de nuvem apontava a fazenda, na manhã seguinte, num céu igualzinho, tinha um X. Naquela idade, a única coisa que senti foi o peito apertado, que ficou esquecido por anos até o dia que fez sentido. Entendi que aquele lugar estava marcado.

Vou contar então o que sei porque vi e o que soube por que ouvi, que misturado ao que senti e imaginei, dá toda a estória. Quem lê decide o que é lenda ou não.

Capítulo 5

Meu avô era filho único e, para reforçar o que dizem, depois da morte do meu bisavô, ninguém nunca veio reclamar parte da fazenda.

Era uma família rica desde que o mundo é mundo. Não sabiam nem como a fazenda foi virando o que virou, mas o fato é que plantando milho e feijão mais o gado de corte, a fazenda foi crescendo e a família cada vez mais endinheirada. Meu bisavô herdou de seu pai e deixou de herança ao meu avô. Quando chegou às mãos da minha mãe, já estava tão grande e minha mãe tão destruída, que foi preciso repassar a administração para profissionais da área. Nunca mais foi a minha fazenda, nunca mais foi minha.

Minha bisavó materna, Eulália, era filha de uma prima distante. De genealogia e de cidade. Visitando os parentes em Minas, meu bisavô se encantou. Foi embora de casamento marcado e na próxima vez que veio, já ficou.

Eulália não estava assim tão encantada por ele, o noivo era um tipo loiro meio aguado.

Por outro lado, era um homem poderoso. Sendo o mais rico da região, e tendo estudo, acabou virando um tipo de juiz das causas que se apresentavam por aqueles lados. Contam que era alguém justo, mas bondoso nas decisões, que passava horas sentado na poltrona da antessala do quarto de casal, lendo e escrevendo muitas coisas importantes da justiça, enquanto a esposa, deitada no divã em frente observava. Que envelheceram assim.

Gosto de pensar que, no fundo, ela o amou.

Dizem que Eulália era bonita e que somos parecidas. As duas de um cabelo castanho mechado que quer quase encaracolar. Uns olhos amarelos de gata no cio. Parece que é dela também o corpo magro e forte que minha mãe e eu herdamos. Até porque, na família da Anastácia, minha bisavó materna, as mulheres são cheinhas.

Soube que não foi só meu bisavô quem se encantou por Eulália, um capataz da fazenda também caiu de amores por ela.

Família tradicional, mal o padre acabou de falar, já perguntavam quando teriam filhos. Eulália respondia animada: – Se depender de mim, mês que vem tenho novidades.

Passaram-se vários meses, um ano. Nada. Surgiram os primeiros comentários, talvez um dos dois tivesse algum problema. Quando Eulália já estava quase desesperada, engravidou e nasceu meu avô. Moreno, com pele cor de cobre, igualzinho ao capataz. Meu bisavô por sua vez, andava com todas as meninas da fazenda e nenhuma nunca apareceu grávida. De qualquer forma, não sugeriram nada e assim mesmo ficou. Só o capataz foi dispensado.

O forte das mulheres da família parece não ser associar paternidade e marido, mas isso, eu só descobri depois.

E assim meu avô cresceu. Criado na fazenda e depois no colégio interno, numa existência que não ganhava contorno direito. Nem consistência. Foi-se formando sem desejo, um homem de bem, nada além disso.

Havia certo conformismo por parte dos meus bisavós, como se trocassem olhares dizendo:

– Poderia ser pior.

Os empregados, que sempre acharam o capataz um covarde por ter partido e deixado o filho e a mulher, sussurravam:

– Frouxo como o pai.

A única preocupação real e geral era que ele encontrasse uma mulher de fibra para tocar a fazenda. Os pais com medo de perder a fortuna, e os empregados com medo de perder o emprego. Quando ele passou dos trinta só se preocupavam que arrumasse uma mulher, se viesse sem fibra ajeitariam depois.

Foi assim que ele viveu até o dia em que Eva entrou na casa sede e cruzou, para sempre, seu caminho com o dele.

Daquele dia, meu avô foi outro, assumiu todos os riscos e preconceitos, fez declarações públicas de amor, tremeu para pedir sua mão. A partir desse amor revelado, o resto passou a fazer sentido. Tomou as rédeas da fazenda e da própria vida. E os empregados maldosos diziam:

– Limpou a honra do pai.

Capítulo 6

Acho que o destino colocou a mão nisso.

Chegou pedindo socorro na porteira da estrada um moço a cavalo. Suava de molhar a camisa, nem falava nem respirava direito. A casa da família de Eva ficava por ali. Enquanto seu pai, que tinha acabado de chegar da roça socorria, disse à filha para correr na casa grande e avisar. Então foi assim, sem querer como é a vida, que eles se conheceram.

O que meu avô desejava era a admiração do pai, e sua apatia até a entrada da minha avó em sua vida, devia-se a isso. A relação entre mãe e filho é uma relação cheia de meandros, de sutilezas, mas com o pai é cru. Mulheres por uma razão, homens por outra, da parte do pai, esperamos orgulho, reconhecimento.

Saiu da barriga da sua mãe, de mim, só sabe que sou seu pai agora. Sinto orgulho de você.

Porque pai nenhum sente orgulho de verdade do filho de outro. Seria admitir que existe, no mundo, um pênis melhor que o próprio.

Como desde sempre soubesse em algum lugar dentro dele, que seu pai não era aquele, e que o reconhecimento paterno não viria, meu avô desenvolveu uma paz na alma. Como já não esperava isso, que é o que mais se espera da vida, não esperava mais nada. No lugar de se revoltar, apagou-se. Até descobrir que estava desejando o olhar orgulhoso da minha avó.

Enquanto Eva, filha de uma segunda geração de trabalhadores da fazenda nascia, meu avô já tinha 16 anos e estava, por pressão dos pais, embarcando para uma temporada na Europa.

Nossa família era conhecida por ser correta nos pagamentos, ainda que muito exigente no serviço, o que nos garantia uma maioria de trabalhadores fiéis. Crianças nascidas ali viravam empregados e formavam família lá mesmo.

Eram esses os pais da minha avó, filhos de empregados pobres, herdeiros da pobreza.

Capítulo 7

Minha bisavó materna Anastácia e meu bisavô se conheceram em uma festa da fazenda, a primeira dela. Não era nova, mas era tímida. A verdade é que se achava feia, não que fosse, mas na realidade dentro dela era assim que se via. Bonita também não era, tinha olhos muito verdes, um cabelo loiro liso sempre trançado e preso em coque e o que tinha de belo acabava aí. O nariz era largo demais, um rosto bem redondo com bochechas rosadas infantis e um corpo que desde o nascimento poderia ter tido metade do tamanho. Foi um bebê gordo, virou uma criança gorda e na adolescência, cresceram-lhe peitos proporcionais ao traseiro avantajado.

Anastácia era querida entre o povo da fazenda, conhecida como alguém, sobretudo, generosa. Terceira filha de cinco irmãos era a mais ligada aos pais e à família. Pouco saía, sentia que as coisas do amor não eram para ela.

Naquela noite saiu.

As festas eram comuns na fazenda, às vezes aniversários ou casamentos comunitários outras, horas de viola despretensiosa na porta de alguém, e começava a juntar gente, cada um trazia o que tinha em casa. Quem sabe a madrugada passa rápido.

Sua irmã convidou, insistiu, e por uma razão que Anastácia desconhecia, acabou cedendo. Foi para voltar, e só. Fizeram uma fogueira alta, porque era julho e fazia frio, uma daquelas noites de céu mais perto da terra em que a lua, de tão clara, parece vestida de sol. Alguém estava cantando e era um lamento.

Anastácia sentiu primeiro uma dor profunda na alma, seguida de um frio na barriga. Teve certeza de que dali por diante nada mais seria igual e soube também que na vida, nada é de graça.

Entrou devagar e viu um homem moreno, a pele marrom de terra, cabelos e bigodes cheios e grossos, mais compridos que deveriam e escuros como os olhos. A camisa branca de trabalho com o peito desabotoado lembrou para minha bisavó que ela existia, e um desejo, que já nascia decepcionado, impôs-se. Sua macheza, de tão espaçosa, quebrou as resistências fazendo a menina dela aparecer.

Ele a viu, e porque o universo se governa a si próprio, sentiu igual.

Desse dia, não se separaram mais. Começaram um namoro e em cinco meses casaram. Quem conheceu disse que se amaram de verdade, como se tivessem se reencontrado depois de séculos de saudades.

Agora, além de generosa, Anastácia era feliz e felicidade sempre embeleza a gente. O nariz não mudou, o corpo não mudou, mas na realidade dentro dela começou a se ver bonita. Ser amada pelo eleito rei nos torna rainhas.

Não gosto de pensar mas penso, que se amaram tanto porque não tiveram tempo de se desamar. E que, como o amor por ela não gastou todo, durou para sempre.

O fantasma do desencanto não chegou a tempo de se infiltrar nos silêncios cotidianos. Outro fantasma chegou antes.

Quanto a filhos, não vinham. O sangue, choro do útero vazio, todo mês chegava no lugar deles. Anastácia rezava muito pedindo a maternidade enquanto sua mãe dizia:

– Aceita filha, Deus sempre escreve certo, nosso desejo é que entorta as linhas. A gente vê só um pedacinho, Deus vê um todo.

Minha bisavó tanto pediu que Deus, mesmo sendo contra, cedeu.

Todo pai que ama, comete erros amorosos.

Talvez esse seja o primeiro nó da história, a alma da minha avó não veio espontânea, veio pressionada.

Capítulo 8

O que importa é que veio, e a notícia da gravidez aumentou no casal a ideia de que, sobre eles, brilhava uma estrela especial. Ela ficou iluminada e ele, normalmente mais sisudo, sorria o dia todo embaixo dos bigodes. No sétimo mês, a bolsa estourou e chegou no mundo uma menina muito clara, cabelos finos, quase brancos, os olhos de um verde que também não se propunha a muito, bem abaixo do peso e de uma pele branca piorada pela prematuridade. Cada mulher na fazenda que estava amamentando na época amamentou minha avó. Fizeram um mutirão e, a cada hora e meia, chegava alguém para dar leite. Assim Eva foi engordando e sobreviveu quando ninguém achou que iria.

Tendo pais felizes, minha avó se desenvolvia também envolta nesse manto. A vida era simples, levantavam os três muito cedo, enquanto o marido ia cuidar do que na fazenda precisasse de cuidados, Anastácia arrumava a casa, a comida, as roupas e mimava Eva. Fazia isso com uma dedicação como se soubesse que a vida não guarda uma forma fixa.

Minha avó contava que, quando criança, viu algumas vezes sua mãe sentada na cama abraçando as coisas do marido e da filha como se eles estivessem ausentes, que nessas horas, via nela um olhar saudoso, quase úmido, de quem sente falta.

Como há um descompasso entre a vida e o que ela deveria de ser, isso durou até Eva completar sete anos. No dia seguinte ao aniversário da filha, Anastácia morreu.

E a vida que era uma, virou outra.

Capítulo 9

O dia começou como sempre bem cedo, era outono e mesmo com sol e céu azul, estava ventando gelado. Anastácia acordou de bom humor, ajeitou a casa e resolveu assar um bolo de maçã.

Ela e a filha almoçaram e, como o dia estava gostoso e o bolo bom, então quis fazer um agrado para o marido. Sugeriu a Eva que fossem passeando, levar um pedaço de bolo ao pai que estava na colheita, já que o almoço ele levava de manhã.

As casas ficavam distantes de onde se trabalhava e um caminhãozinho passava pegando e distribuindo os homens e mulheres pela fazenda. Era uma caminhada, mas as duas não tinham pressa, pegaram até bolo a mais para comer na volta, que nunca aconteceu.

Enquanto andavam iam conversando, Eva com sete anos e minha bisavó com vinte e oito, falavam como se fossem da mesma idade. Como passavam o dia uma com a outra havia, entre elas, um tanto que não tinha separado ainda, como se tendo saído da barriga da mãe antes da hora, não tivesse saído inteira.

Falavam muito das coisas e ficavam muito tempo em silêncio. É preciso intimidade para silenciar junto. Conversaram naquele caminho uma conversa que minha avó carregou com ela até o fim. Como uma religião. Como o norte da sua vida.

Sempre ouvia sua mãe contar como Deus era bom porque ela queria muito uma filha e, quando já estava quase desistindo, ele deu. Ouvia sua mãe dizer também que Deus sabia de todas as coisas e que cuidava de nós como um pai que ama muito os filhos. Minha avó lembrava que, desde a primeira vez que ouviu essa história, e conseguiu compreender o sentido dela, pensou: *se ele sabe tanto e é bom, talvez não me desse porque sabia que não era para eu existir.*

Ela disse que esse pensamento ficava guardado numa gavetinha bem lá no fundo da cabeça dela e que no dia que sua mãe morreu, e para sempre depois disso, "ocupou o armário inteiro."

Capítulo 10

Naquele dia, enquanto andavam, Anastácia recontava a história da gravidez e do nascimento para a minha avó. Repetia sempre porque sabia que só quando ouvimos quem somos nos tornamos alguém e sabia até mesmo que nossa própria história é que vai dando corpo para a gente. Minha avó ouviu tudo e como teve vontade e podia, fez a pergunta:

– Será que Deus achava que não era para eu ter nascido?

Primeiro sua mãe achou engraçado, mas quando viu que a filha falava sério, parou, abaixou para que as duas ficassem da mesma altura e respondeu:

– Filha, você é minha maior alegria e tenho certeza que deveria ter nascido. Isso é o que eu acho. Se quiser saber o que Deus acha, tem que perguntar para ele. De qualquer jeito, eu pedi tanto, que ele não aguentava mais dizer não para mim. Igual você faz com a mamãe quando quer alguma coisa e não te dou, e você pede tanto que acabo dando?

Riram e, enquanto caminhavam em silêncio, minha avó pediu muito para Deus dar essa resposta para ela. Ele respondeu bem rápido. Foi o tempo de entregar o pedaço de bolo.

O pai viu as duas e começou a acenar numa alegria quase infantil, mãe e filha contagiadas pelo entusiasmo dele, andaram mais rápido. Beijou a testa de cada uma – era assim que fazia – e olhou grato para Anastácia porque ela o amava. Viu nela um olhar desconhecido, que mergulhava dentro dele. Olhava como se, nesse abismo, pudesse ver cada corpo que a alma dele habitava, e ali mesmo caiu. Morta para sempre. Levando a alma dele junto. Naquele dia, minha avó ficou órfã. Perdeu a mãe, de morte morrida e o pai de alma sofrida.

O amor de mãe a desejou tanto que ela surgiu, mas Deus, também por amor, não queria que ela nascesse. Criança nenhuma devia nascer para assistir a morte da mãe.

Para continuar vivendo, agarrou-se à ideia de ser muito amada.

Fez o que pode. Endeusou a mãe e humanizou Deus.

Desenvolveu a partir daí uma relação tão íntima com as coisas da religião, do espírito. Tratava Deus, anjos, os santos como amigos sábios e muito queridos. Aqueles que nos conhecem e permanecem apesar de nós.

Com o passar dos anos e a chegada da sabedoria, Eva começou a acumular teorias espirituais e frases que repetia como mantras. Tinha uma preferida, passava horas andando pela casa repetindo entre dentes:

– A parte de nós que nos ama acima, e apesar de tudo, é Deus.

Fazia isso quase todo dia e parecia louca, mas em todas as várias vezes em que a vi caminhando de cômodo em cômodo, cabeça baixa, um terço ou qualquer colar que estivesse à mão, enrolando uma frase na seguinte igual e de novo por mais de hora, havia uma força, um brilho. Porque a fé é isso, um desejo que de tão intenso, ganha forma.

Capítulo 11

Sei também que nessas horas, Eva se desculpava com Deus. Por ela e por todos nós.

Se ouvia que alguém não acreditava nessas coisas, dava de ombros:

– Quem se afasta de Deus, está com inveja ou com vergonha.

Conversava com eles o tempo todo, como as crianças e seus amigos imaginários. Digo eles porque para ela, tudo era Deus, e cada vida tinha saído daí. Dizia também que tanto os santos quanto os artistas, os poetas, os profetas, os grandes cientistas, eram pessoas que abriram os ouvidos para ouvir as coisas que Deus quer dizer para todo mundo, mas ninguém ouve. Então, rezava para Nossa Senhora Aparecida e para Chopin com a mesma devoção.

Das coisas que meu avô ofereceu, a música clássica foi a única que Eva aceitou desde o início.

Dizia que Deus deixava para o ser humano montar sua história, milhares de peças de um quebra-cabeça gigante. Sempre mostrava a melhor, mas cada um ia lá e pegava a peça que queria. Cada peça escolhida e colocada mudava toda a figura.

Na adolescência, contestei: – Nem tudo pode ser mudado.

Minha avó respondeu calmamente, como quem tem certeza:

– Sabe filha, algumas peças são fixas, mas todo o resto é livre. É simples assim, a vida da gente é consequência da vida da gente.

E sobre aquilo nela, capaz de odiar tanto o marido e a filha, falava:

– Deus fez o homem à sua imagem e semelhança, se quisesse perfeito, faria igual a ele. A gente erra muito, e Deus que é bom, perdoa.

Quando eu me chateava, tinha um jeito de dizer que nas piores situações nossa força aparece. Contava uma estória, não sei onde ouviu, que eu adorava.

> "Jesus Cristo sabia que era hora de crescer, só não sabia para onde deveria ir.
>
> Surgiu então diante dele, um enorme urso pardo.
>
> Jesus assustado gritou:
>
> – Saia!
>
> O urso tremendo, correu montanha abaixo.
>
> De repente, Jesus entendeu tudo, e se tornou quem era."

E eu, que era criança, imaginava um urso pardo bem grande e o meu problema pequenininho. Dava um beijo e saia para brincar.

Tudo isso não tem cor, não tem cheiro, não tem gosto de amor?

Às vezes penso que, se minha mãe estivesse morta, eu teria me satisfeito com o amor da minha avó. Então lembro que, sem minha mãe torturada, talvez esse amor não existisse.

Capítulo 12

O que mais machucava, era ver Bina, minha mãe, tão ao alcance. Precisava que sentisse qualquer coisa por mim. Havia um plástico transparente entre nós duas, não conseguíamos nos tocar mesmo perto, e uma não conseguia dar nada para a outra.

Eu vivia por aí, faminta de amor de mãe. Bina e Eva também.

Acontece que, quando Anastácia morreu, seu marido sentiu tanto, que decidiu nunca mais sentir nada e, para isso, anestesiava a mente, o coração e a alma de manhã até a noite. A melancolia dele tomou, desde os primeiros dias, conta de todos os cantos da casa. Não tinha espaço para a tristeza da filha.

Como se o mundo fosse muito perigoso, rompeu com as pessoas e parentes e fechou as portas e janelas com minha avó dentro.

Saía cedo para trabalhar e tomava, já de manhã, duas doses de pinga. Levava outras tantas que dessem para o dia até voltar para casa. No início tinha um resto de pudor, fazia isso escondido da Eva, mas tendo assumido as funções da mãe, rapidamente coube a ela encher o cantil de pinga que ia junto da marmita.

Minha avó sofria, por ela e por ele.

Na vida, nunca estava bêbado, mantinha um controle absoluto sobre as doses tomadas enquanto tinha gente perto. Era só o suficiente para aquietar a dor. Quando chegava em casa, a dor transbordava porque a realidade, que é inimiga da ilusão, esfregava a ausência dela nele. Aí, ele bebia até desmaiar. Da primeira noite sem a mãe em casa, até os vinte e seis anos quando o pai morreu, coube a Eva tirar sua roupa e colocá-lo na cama todas as noites.

Casada, depois do jantar, o marido a levava até seu pai para cumprir sua sina.

Quando mais velha, já amando meu avô ela, como toda mulher apaixonada, adorava contar sobre o caminho que ele fez devagarzinho até o amor dela explodir.

Contava que na noite de núpcias, estava muito agitada porque precisava cuidar do pai e não sabia o que dizer a meu avô. Ele, percebendo seu desconforto, sugeriu que deixassem para consumar o casamento outra noite. Extremamente irritada com aquele homem e aquela situação, respondeu seca:

– Não fala besteira, se resolveu casar comigo, é melhor saber onde se enfiou.

E contou tudo sobre seu pai, a bebida e o ritual noturno.

Meu avô levantou, beijou a mão dela com carinho e só pediu que pudesse acompanhá-la sempre até lá, não gostava de pensar nela sozinha à noite pela fazenda. Esperaria no carro enquanto organizava as coisas do pai e da casa.

Eva dizia que sentiu nesse momento como se uma lágrima escorresse no coração, muitos anos depois descobriu que, naquele dia, ele começara a degelar.

Capítulo 13

Até o casamento, minha avó Eva praticamente não saía de casa. Vivia organizando o cotidiano, fazendo nada diferente, para que a vida não desmoronasse. Dos sete aos dezoito anos, arrumou a casa, cozinhou, lavou roupa e pôs o pai na cama. Quando sobrava um tempo, ia até a escola da fazenda e de pouquinho em pouquinho, terminou aprendendo o tanto que ensinaram. Não tinha amigos, porque para os amigos não se pode ter tantos segredos.

Achava que manteria a vida assim para sempre até conhecer, aos dezoito anos, o amor que ela usou como álibi para estragar boa parte da sua vida.

Eva estava lavando roupa atrás da casa quando, na mesma porteira que um ano depois apareceu o infartado a cavalo, ouviu um assobio chamando, fazia calor e como lavava roupa, estava com calça e blusa arregaçadas.

Viu longe um homem alto, sem camisa, sua calcinha ficou molhada e ela chamou isso de amor por anos.

Ajeitou a roupa envergonhada, como se o corpo exposto, revelasse o desejo e caminhou até ele. Descobriu que era quase um menino, ajudante do jardineiro e estava perdido. Era seu primeiro dia ali. Minha avó explicou aonde ir, ele disse que voltaria para vê-la amanhã e voltou. Começaram uma amizade tímida. Toda manhã ele passava e toda manhã Eva esperava, trocavam um aceno e nos encontros ousados falavam do clima.

Bastou para ela querer viver de novo.

Ele foi gostando do encontro fixo, certo, na vida tão errada. Três anos mais novo, tinha só quinze, mas era menino criado por conta, cheio de acordos com a vida, para ele pai e mãe era como sonhar gostoso, só existia para os outros. Essa moça, muito branca, tinha um ar de vida limpa e olhava para ele como se ele existisse.

De alguém que vivia descalço com roupa doada, passou a ter um lugar para ir, e alguém esperando. Não conhecia isso nem em desejo, seria muita ousadia.

Um coube no que faltava pro outro. Nasceu a paixão, fazendo jorrar do peito cheio, a angústia.

Com os dias a passar, começaram a se dizer coisas.

Desde a morte de sua mãe, minha avó não conversava mais. Mentira, não é que não conversasse, só não dizia nada. Era educada, quando encontrava gente cumprimentava, se alguém puxava assunto, retribuía. Reclamava do preço das coisas, do calor, do frio ou do vento. Quem visse, jurava que estava conversando. Falava das coisas, pouco dos outros, mas nunca falava dela, como se falar dela desse azar.

Capítulo 14

Com o pai, Eva quase nunca mais falou. Era só bom dia e boa tarde, porque sempre derrubado de bebida, não tinha boa noite.

No começo estranhou, mas foi lembrando que com a mãe viva, também não falava com o pai. Entendeu que desde sempre, o coração da mãe era o espaço comum onde pai e filha se encontravam. Quando ela morreu, não se encontraram mais.

Então, chega aquele menino e quer ouvir. Para ele, a vida dela é sonho. Ela tem casa, a mesma casa todo dia por dezoito anos e morou por sete meses na barriga de alguém que ela conheceu e que cuidou dela. Tem um pai que bebe, mas não dá vexame, volta toda noite para casa e acorda no outro dia para trabalhar e trazer dinheiro. Ela tem comida certa, três vezes no dia, mesa com prato, garfo e toalha xadrez. Tem cama e cobertor.

O menino queria ouvir para imaginar que essa vida era dele.

Olhava para ela no limite entre a admiração e a inveja e, nos olhos dele, minha avó gostou do que viu. Viu-se bem melhor do que aos próprios olhos.

Eva recomeçou a fazer o que fazia tão bem: um enorme esforço para ela mesma não vazar pelos buracos da sua pele e estragar tudo, e era, para ela, tão natural se diluir na vontade ou necessidade do outro que se sentiu em casa.

Os encontros diários encaixaram no cotidiano, mas traziam com eles, a apreensão constante da tragédia. Assim como vivia com o pai, passou a viver com o menino a incerteza do encontro certo. Acordava e cumpria todas as tarefas do dia com perfeição e tranquilidade, inclusive no encontro escondido da manhã, era também perfeita. Só que dentro dela, tudo borbulhava.

Disse que, tinha uns anos, não pensava mais em Deus e que, nessa época, lembrava dele todo dia. Abria os olhos rezando, pedindo a ele que congelasse a vida daquele jeito. Como estava, mantinha pai e menino preservados um do outro, não cabiam os dois no mesmo espaço. Pedia e sabia que não seria atendida. Aprendeu cedo que a vida não gosta de ter uma cara só.

Eva levantava antes do pai e separava a comida feita no dia anterior. Não mexia nem nisso. Arroz, feijão, pimenta e mistura, que era carne moída ou ovo cozido. A sobremesa era bolo de milho ou fubá. Tinha a garrafa do café sempre bem cheia, o cantil de pinga (bem cheio também) e a água. Domingo assava frango para comer com macarrão. Toda noite era sopa – que ele mal tocava – e que foi, por isso, tendo sempre o mesmo gosto, porque fazia só para ela.

A hora do dia que mais gostava era quando passava o café, a casa quieta, ainda escuro e o cheiro forte tomando conta de tudo. Sentada na mesa, milhares de vezes imaginou a vida diferente enquanto o café fazia barulho gotejando.

Primeiro imaginava que a mãe existia e era ela quem estava na cozinha enquanto Eva, ainda na cama, começava a acordar. Deitava a cabeça na mesa, apoiava no braço e imaginava a mãe andando atarefada de um lado para o outro. Imaginava um amanhecer frio, ela toda coberta na cama quente, no café quente, na vida quente.

Depois de anos, quando contava isso, minha avó sorria os lábios e eu sabia que, naquele tempo, de olhos fechados sorria também.

Como essa cena era tão confortante quanto impossível, minha avó tentava então fazer a ilusão, virar esperança. Punha-se a transformar o que existia e aí, criava um pai que acordava bem-humorado, querendo conversar e dizer que não beberia mais.

Nunca falaram da bebida. Ela por medo e ele por vergonha.

No fim, quando o café ficava pronto, ela entendia que no desejo da cabeça, a vida diferente, seria para melhor, mas conhecia na alma uma vida que mexida, só piorou. Por isso fazia tudo igual para nada mudar.

Capítulo 15

Mesa posta e marmita pronta, Eva ia chamar o pai que jogava uma água gelada no rosto para tentar, junto com o café forte, afastar a ressaca. Comiam o pão que ela mesma fazia com queijo fresco e ele tomava, para acompanhar, uma xícara cheia, preta e fumegante. Depois que a mulher morreu, nunca mais tomou leite. Um dia bêbado, disse que uma coisa lembrava a outra.

Seu pai comia cada vez menos e tremia cada vez mais. Terminava de comer, tomava a primeira dose e, já saindo pela porta com a sacola, dizia bom dia para a filha que, por mais que se antecipasse, não tinha tempo de responder para ele ouvir.

Ela depois ia cuidar da casa. Tudo era pequeno, mas Eva limpava cada canto várias vezes e de formas diferentes, tentando tornar a faxina mais eficiente e o lugar mais cheiroso.

O cuidado que tinha com a roupa era especial. Não via o pai se lavar há anos. Jogava a água no rosto pela manhã e quando chegava fim da tarde, molhava rosto, pés, axilas e, nas partes íntimas, ela passava uma toalha molhada à noite quando tirava sua roupa. No cabelo, sempre oleoso, passava as mãos úmidas e só. O bigode ele tirou quando a mulher morreu. Domingos e quartas cabia à minha avó fazer sua barba, com ele já dormindo. Seu pai nunca perguntou quem fazia e Eva nunca disse que era ela.

A única coisa que ele não abandonou foi o hábito de lavar os dentes, duas vezes por dia, de manhã e no fim da tarde.

Tudo isso para explicar o cuidado com as roupas. Como não se limpava direto, minha avó conta que saía dele um cheiro gorduroso que impregnava tudo. Não era só suor, era um óleo acumulado, como se ele apodrecesse, cheiro de morte em vida. Acontecia também dele fazer xixi e evacuar nas roupas e, às vezes, dormindo no lençol. Ela então limpava e perfumava tudo em volta para não deixar rastro. Nem para ele, nem para ela.

Passava os dias nessa função. Se tinha aula na escola ia até lá, mas voltava rápido e era assim se ia a qualquer lugar. Estava sempre apressada, tentando fugir da sensação de que a tragédia vinha atrás.

No fim do dia o pai chegava, dava boa tarde e ia se lavar enquanto ela esquentava a sopa. Às vezes voltava café, bolo, comida, até água. Pinga nunca. Se um dia ele achou a casa limpa e arrumada nunca falou e ela, por sua vez, parou de esperar ouvir. Antes da sopa, tomava sempre duas doses. Mal tocava na comida e, com frio, chuva ou calor, ia para fora no cobertinho, com o rádio de pilha e a garrafa de pinga. Dormia rápido, acontecia de adormecer antes da noite cair completa. Nessa hora começava a última tarefa do dia para minha avó e a mais penosa.

Toda vez revivia a primeira, quando ela tinha sete anos, uma mãe morta e não sabia o que fazer com um pai desmaiado na varanda.

No caminho até a cama, ele falava muito e Eva às vezes agradecia, às vezes lamentava, não entender o que a voz pastosa dizia. Quando a chamava de Anastácia, sabia que o álcool estava misturando na cabeça dele, uma e outra. Para suportar o que viria, saia da cena em que estava e voltava a caminhar com a mãe naquele último passeio. Repassava a conversa toda enquanto o despia e limpava.

O pai nunca olhava para ela, talvez por vergonha, talvez por desejo. Uma noite ele, que tinha pesadelos horríveis, teve mais um. Quando chegou para acalmá-lo, ele começou a tocar seus peitos e a se masturbar até desmaiar de novo. Como não sabia o que fazer com isso, Eva falou para ela mesma que era mentira, deu-se uma bronca e calou para sempre até me contar.

Logo que contou, disse que talvez aquela história fosse invenção da sua cabeça.

A vida estava assim há anos quando o menino apareceu e pouco mudou durante os treze meses que duraram os encontros.

Capítulo 16

A história do menino, tinha bem menos elementos fixos. Nasceu na cidade e, desde então, foi passando de casa em casa, morando um pouco aqui, dormindo um pouco lá, comendo onde alguém dava. Um dia cansou, pegou carona e desceu no povoado perto e lá soube que o jardineiro da casa sede da fazenda estava procurando um ajudante.

Por ter um trabalho tão próximo dos patrões, o jardineiro se julgava, em alguma medida, superior aos outros empregados que cuidavam das plantações e do gado (e de fato o era) por isso, quando queria um ajudante, mandava vir de fora. De lá que o menino veio quando soube do trabalho e, nesse dia, ele e minha avó Eva se encontraram pela primeira vez.

Apesar do atraso, o jardineiro achou o menino bem esforçado e contratou. Além disso, como o menino era grande e ele baixinho, o problema das podas mais altas, estaria resolvido.

Daí em diante, ele passou a dormir em um cantinho, perto das ferramentas, do lado de fora da casa do jardineiro que, como não tinha nem filhos nem esposa, foi se afeiçoando ao menino.

Os serviços de manutenção dos jardins da casa sede, só estavam autorizados a partir das nove horas, dessa forma, os patrões não seriam incomodados. Tinham o hábito de, depois do café da manhã, caminhar pelos jardins e colher flores para enfeitar a casa.

Funcionava assim, o menino acordava bem cedo, preparava o café do jardineiro e saía caminhando até a porteira perto da casa da minha avó. De lá, via o pai dela sair pela porta e o combinado era que ele deveria esperar o tempo que fosse até que ela fizesse um sinal de que poderia se aproximar.

Enquanto o menino esperava o sinal, Eva entrava correndo e tentava se sentir desejável. Trançava o cabelo loiro, como viu a mãe fazer, beliscava as bochechas tentando corar um pouco a pele mais para o amarelado, abria e fechava várias vezes os olhos, afastando o resto de sono e na esperança que desinchassem. Alisava a roupa e saía para chamá-lo como quem havia demorado por medida de segurança.

No começo, conversavam um pouco. Passado uns dias, ela levou pão e café e ficaram assim quietos, um do lado do outro enquanto ele comia. Ainda estava mastigando, de boca cheia quando perguntou se podiam namorar. Minha avó tomou um susto. Esperança e temor se encontraram dentro dela nesta hora. Daria a resposta amanhã, correu e entrou em casa.

Dizia que ajoelhou assim que fechou a porta, juntou as mãos e não sabia se estava agradecendo ou pedindo para que não fosse verdade. Começou então um choro guardado há dez anos. Um choro que misturava tristeza, raiva e humilhação. Um choro de luto porque entendeu, pela primeira vez, o que passava os dias camuflando. Entendeu que ela e a vida estavam quebradas há tempo demais.

Com uma faca saiu fora da casa e fez um corte fundo no braço, precisava lembrar a dor e precisava marcar, ainda que tarde, o antes do depois. Dali, ela não seria a mesma. Deixou sangrar muito tempo enquanto assistia fora o que acontecia dentro. Deixou sangrar sem fazer nada, decidida a nunca mais estancar um sangue que queria sair. E se sentiu viva como não se sentia desde a morte da mãe.

Sangrou até virar mulher.

À tarde, quando o pai chegou, estava tudo igual.

No dia a dia não mudou, mas nela a existência acendeu e esse é caminho sem volta.

Agora, quando Eva servia a pinga da manhã, sentia raiva do pai, quando lavava as roupas e lençóis sujos, tinha raiva do pai, quando à noite, limpava a bunda dele como se fosse um bebê, tinha pena do pai. Aí chorava.

Capítulo 17

Nos encontros com o menino, ele mal a tocava. Não por inocência, mas porque para ele, ela era sagrada. Isso irritava minha avó. Quando a existência acendeu, jogou luz no desejo.

Tanto que um dia, convidou ele para entrar. Primeiro na casa e depois, dentro dela.

O que minha avó só foi entender mais tarde, é que o encontro com o menino despertou nele a ternura e nela a paixão. A felicidade de um custava a felicidade do outro. Para se tornar real, ela precisava ser tocada e ele, estava impedido de tocá-la para não destruir a imagem.

Por essa razão, todos os movimentos, era Eva quem fazia.

Foi ela quem procurou a mão do menino antes dele procurar a dela e foi também a boca dela que, tateando aquele rosto, encontrou a dele. O menino retribuía quase submetido, meio por adoração, e minha avó foi então descobrindo o corpo masculino que já conhecia tão bem.

A experiência sexual do menino se resumia a longas punhetas, uma primeira vez desajeitada, no banco da praça, com uma moça meio louca que andava pelas ruas da cidade e uma segunda vez quando veio para o povoado. O caminhoneiro que dava carona parou para abastecer e duas mulheres se ofereceram. O caminhoneiro pegou uma, mas o menino não tinha dinheiro, a outra moça achou bonitinho e ficou com pena. Levou o menino atrás do caminhão, levantou a saia e disse que podia meter. Ele obedeceu, gozou, ela abaixou a saia e foi chamar a outra para ir embora.

A verdade é que o menino sonhava mais com carinho, aconchego do que com sexo e minha avó foi ensinando para ele como misturar estas três coisas. Primeiro nos beijos e depois na cama. Ele, antes submetido, foi aprendendo a se entregar.

Contando assim parece que Eva não estava apavorada. Estava. Esgotada. Passado o episódio do corte ela fez, como fazemos todos sempre, uma última tentativa de se manter agarrada ao conhecido. Ainda que dentro dela soubesse que estava tudo fora de lugar, seguia fingindo bem. Mesmo a paixão que sentia, mantinha apartada, como uma caixinha que aberta, espalha música ao redor, mas fechada pode ficar escondida. Não teve medo de seu pai descobrir, sabia que nunca estaria sóbrio para isso. O medo era que pai e menino se misturassem dentro dela e ela precisasse fazer uma escolha.

Capítulo 18

Corriam os meses e a vida do menino ia, pela primeira vez, parecendo vida. Como ganhou a confiança do jardineiro, ganhou também um colchão na sala da casa. Gostava do trabalho de ajudante de jardinagem, gostava das plantas, dos bichos, gostava até mesmo das pessoas e naquela época gostava, sobretudo, da minha avó.

Sempre desejando outra chance da vida, o menino foi uma existência do bem quando jovem, seguindo assim mais velho. E teve tudo para ser do mal.

Nasceu em um hospital público na periferia da cidade e lá mesmo ficou. A mãe, que chegou sozinha e com nome falso, desapareceu assim que conseguiu andar. Do bebê, a vida foi cuidando. Pulou de orfanato em orfanato, de casa em casa, ganhou muitos apelidos por ser alto, mas não ganhou identidade. Cresceu sem ofício e sem razão de existir. Criado solto do desejo de alguém. Ainda assim – ou por isso mesmo – era alegre e tinha fé. Não era uma fé religiosa como a da minha avó, porque ele não adorava a Deus por inteiro, adorava só o mais primitivo de Deus, que é a vida e tudo o que parte dela. A única coisa constante na história do menino até chegar à fazenda, foi essa fé. Foi também com ela que sorriu aquele primeiro dia para a minha avó e quando ela sorriu de volta, sua fé de sempre, ganhou sentido e tranças loiras.

Ele se apaixonou pela cena que viu. A mulher clara, acalorada pelos afazeres da casa, as roupas brancas e bem lavadas que ela vestia e as que esfregava, era uma casa, um quintal com horta e roseira, uma ideia que era ao mesmo tempo mãe e mulher, prazer e dor, desconhecido e saudade. Desejou ficar com aquele quadro para ele, voltou no outro dia, e no outro, porque queria ver o quadro de novo. Até uma vez quando ela levou comida para ele, e ele achou que devia pedir para namorar. Ela disse sim.

Depois disso, um dia, Eva levou o café para fora, mas sugeriu comer na mesa dentro. Lá, o que o menino viu foi ainda melhor de ver, tudo era tão limpo na casa, o pão alimentava e o café aquecia enquanto a menina de cabelo trançado contava coisas.

O olhar dela era meio fixo, como se visse através ou se estivesse sonâmbula, os olhos de um verde que parecia diluído em água e que, de repente, recebiam uma injeção de cor junto com um brilho no cabelo normalmente mais opaco. Nessas horas o menino tinha quase medo da menina virando mulher tão rápido. Ela tocava as mãos dele, os lábios, ele deixava, mas sentia que o desejo manchava o quadro. Aos poucos foi aprendendo a se oferecer e a gostar disso.

O menino não era forte, era um tipo magro e alto, os músculos se preparando para crescer. Moreno nos cabelos e na pele, dentes grandes e claros numa boca vermelho queimado. Os olhos de cílios pretos e compridos eram cor de um café pequeno com dois pingos de leite. Oscilava entre a fragilidade e a virilidade. Estava feliz.

Capítulo 19

Faziam amor quase todas as manhãs com uma naturalidade instintiva, a presença do menino, era um recorte no cotidiano de Eva, um espaço onde nem as angústias conseguiam entrar.

Os meses passavam e minha avó sentia que os pratos estavam, de novo, encontrando um equilíbrio. Até perceber que, já há algum tempo, não vinham suas regras. Entendeu rápido que a mãe demorou a engravidar, ela não.

Em pânico, ferveu dois litros de chá bem forte de arruda, cravo e canela e tomou uma xícara a cada meia hora como faziam as mulheres na fazenda quando queriam abortar. Depois que tomou tudo se arrependeu e queria voltar atrás e não ter tomado. Começou a pedir para Deus que o chá não fizesse efeito. O Deus de Eva, bom pai, podia até não concordar, mas respeitava a decisão dos filhos.

Pediu sem culpa porque o seu Deus não tinha problemas com a morte, achava a morte tão bela quanto a vida. Criou os dois e o homem resolveu implicar com a morte e tratá-la como vilã.

Sabia que o chá começaria a fazer efeito no dia seguinte e que, se não começasse a sangrar, deveria continuar tomando até que funcionasse. Resolveu que não tomaria mais e que, caso abortasse, não diria nada ao menino e, se o bebê vingasse, fugiriam. Decidiu tudo assim sozinha porque já há muito tempo, era assim que fazia e virou um hábito.

Quando o pai chegou, entendeu que não podia deixá-lo, nem ter um filho, nem namorar o menino, mas aí era tarde demais e ela já havia construído em volta de si uma teia que era um labirinto de portas fechadas. Não havia saída, a decisão que tomasse roubaria o fiapo humano que era ela.

Naquela noite sonhou que trocava as fraldas de um filho homem. Com cuidado, passava um paninho úmido no bumbum, saquinho e prepúcio de um pênis infantil. Fazia isso ternamente até olhar para o rosto do filho e ver o rosto do próprio pai. Acordou e percebeu que estava molhada. De suor, lágrimas e excitação.

Dormiu de novo e foi despertada pelo canto do galo, notou pela primeira vez que o galo cantava um sentimento de urgência, um apelo para que a noite não fosse embora deixando o dia chegar com uma claridade que obriga a agir. O galo cantando separava o dia da noite. Era então uma espera e um adeus.

Minha avó desejou dormir para sempre e decidiu que deveria partir. Grávida ou abortada.

Assim que o pai saiu, acenou para o menino que foi caminhando até ela como se as coisas ainda fossem iguais. O que não sabemos, não existe.

Ele entrou, ela serviu o café para os dois e ficou procurando na xícara a melhor forma de contar a ele. Resolveu falar só do que tinha certeza:

– Quero que me leve daqui. Logo.

A mão do menino que procurou a dela encontrou uma pele implorando, não faça perguntas e, por piedade, não hesite. O que no menino pode ler isso? Sentiu, pela primeira vez, que alguém dependia dele. Por amor ou compaixão reuniu dentro dele e ofereceu para ela, só o que tinha de melhor, quando disse:

– Quer ir agora?

Ela riu e teve a impressão de respirar depois de muitas horas sufocando. Voltou a sentir um sentimento esquecido, enterrado porque vivo fazia sofrer. Não estava mais sozinha, podia descansar, baixar a vigilância, como na época em que sua mãe era viva e ela dormia tranquila. Há anos não experimentava o conforto da existência compartilhada. Desejou, profundamente, seu bebê.

Capítulo 20

Combinaram que partiriam em duas semanas, assim Eva teria tempo de deixar algumas coisas que facilitariam a vida do pai. Decidiram também não avisar a ninguém, dessa forma correriam menos riscos de serem descobertos antes da partida.

Na verdade, nenhum dos dois estava tranquilo com a ideia. Ela, cheia de medo do que aconteceria com o pai, sabia que ele não duraria muito sem seus cuidados. Por outro lado, a ideia dele descobrindo a gravidez era tão assustadora, que minha avó não conseguia pensar nisso como uma opção. O menino por sua vez, estava feliz com a vida na fazenda, mas como a felicidade desta vida tinha minha avó no papel principal, ficar ali sem ela, seria ficar em uma vida infeliz. Fugir com minha avó era, das perdas, a menor.

A reação do menino surpreendeu minha avó mostrando o homem que ele ainda não era enquanto revelava o menino que ela se recusava a ver. Em algum lugar dentro dela, percebeu toda a impossibilidade daquilo funcionar, mas foi um sentimento à deriva que ela só resgatou passados anos.

Nos encontros seguintes, fizeram planos. O menino parecia animado com a ideia de voltar à cidade, tinha certeza que conseguiria arrumar trabalhos nos jardins dos ricos. Dizia que essas casas tinham palmeiras altas que sempre davam lagarta, contava dos carros, do barulho, do monte de gente e também das mulheres chiques que levavam seus cães para passear de coleira.

Minha avó ouvia e sentia o que um cão com coleira deve sentir. Uma imobilidade, o ar faltando, a saliva engrossando, uma submissão. Nela, a ideia de sair da fazenda, cavava as entranhas, fazia um buraco na alma, acordava uma saudade que temos desde sempre, um desejo insano de pertencer.

Naquele dia quando o menino saiu, foi até o quintal, tirou os sapatos, cavou um buraco e enfiou os pés, jogando terra em cima deles. Fechou os olhos e se imaginou árvore, suas raízes penetrando o chão, abrindo os caminhos pela terra ainda úmida da noite recente. Pediu para Deus, cheia de fé, que pudesse manter suas raízes ali. Deus atendeu com maestria.

Passados alguns dias minha avó teve certeza da ineficiência do chá. Acordou com espasmos violentos e correu para fora da casa vomitando no caminho tudo o que havia comido nos últimos meses. Achou que estava morrendo. Ajoelhada no canto da roseira, sentia seu estômago ir e vir dentro dela. Quando foi se lavar, viu os peitos duros e doídos. Apavorada, ficou feliz e decidiu que contaria ao menino assim que ele chegasse.

O menino ficou ouvindo e seus olhos que já eram grandes, dobraram de tamanho enquanto eram invadidos por uma sombra que Eva não identificava direito. Aconteceu que a primeira coisa que o menino sentiu foi inveja. Teve inveja do filho que teria uma mãe e um pai, que seria cuidado, amado. Sentiu tanta inveja que quis destruir tudo, a inveja não sabe fazer outra coisa. Imaginou a barriga crescendo, uma mãe bem alimentada, sem mendigar nas ruas, imaginou o amor que ele próprio sentiria pelo filho e a inveja foi tanta que esbofeteou minha avó para chorar ajoelhado em seguida buscando perdão. Eva pegou suas mãos com ternura e fez com que sentasse na cadeira de novo, o menino foi se acalmando, entendeu que estava ganhando uma família e isso aplacou sua inveja. Pode sorrir e dizer que tudo daria certo.

Dois dias se passaram sem novidades. Nos encontros da manhã, combinavam a fuga e, no resto do dia, minha avó vivia como se aquele encontro matutino não existisse. Não organizava as coisas para partir porque não tinha nada para organizar e porque não se imaginava partindo. Nos últimos anos havia guardado sistematicamente o troco de uma compra ou outra para o caso de emergência. Esse era seu único bem e, mesmo assim, não sentia que era seu e sim roubado, mas também achava que não era bom momento de pensar nisso.

Naquela semana, acreditou que estava fazendo isso, mas descobriu depois que estava, disfarçando o que não suportava saber. Não sairia de lá, não tinha forças para sair. Pedia, na mágica que o passar dos dias opera, uma solução.

Contando essa parte da história, alertou-me:

– Se vai pedir alguma coisa, não peça pensando pequeno, no curto do tempo. Um acontecimento acorda o outro, que acorda o outro, e o outro. Os acontecimentos dormem encostados, a nossa inocência que faz pensar que dá para acordar um acontecimento só.

Capítulo 21

Era fim da tarde e não faltava nem cinco dias para os dois fugirem. O pai havia chegado do serviço e foi direto se lavar, Eva aproveitou ele estar mais sóbrio que normalmente e foi buscar outro tanto de água na esperança de que, revigorado, o apetite dele aparecesse.

Era assim que minha avó estava; abaixada pegando água, quando o destino – que já vinha pregando peças – a pegou pelas pernas, virando sua história de cabeça para baixo. Ela contava isso assim mesmo, porque viu o moço a cavalo ao contrário, por entre suas pernas de ponta cabeça.

Deitado em cima do animal, camisa aberta e empapada de suor, um homem de meia idade engasgava pedindo ajuda. Foi tudo muito rápido, ela gritou o pai, que correu porque ela nunca gritava. Chegando perto do enfartado, Eva viu escorrer da boca dele uma baba meio amarelada, pensou no bebê e entendeu que seria capaz de não ajudar um ser humano se isso representasse um risco para seu filho. Foi a única vez que experimentou, na alma, o amor da maternidade.

Seu pai veio salvá-la de seus pensamentos contaminados, puxando o homem do cavalo e mandando aos berros que pegasse o animal e fosse até a casa sede.

Eva dizia rindo que, no encontro marcado com seu destino, foi a cavalo.

No caminho teve medo de cruzar com o menino. Percebeu assombrada que nunca haviam se encontrado fora daquela hora e daquela casa. Pensou, por um segundo, que talvez não o reconhecesse. O absurdo do pensamento acendeu uma luz amarela no seu coração.

Vivia naquela fazenda há quase dezenove anos e nunca havia pisado na casa sede, nem perto dela. Aquele casarão, não se comunicava com o resto das terras.

Concluiu que empregados serviam aos patrões, que serviam aos empregados, cada um no seu lugar.

Logo saberia como estava enganada.

Eva sentiu então curiosidade, vontade de saber como era a vida daquela gente estranha que tinha tanta coisa que precisava de outras pessoas cuidando do que era deles, e que tinham se acostumado tanto com isso que mesmo aquilo que podiam cuidar, deixavam na mão dos outros. Imaginou como seria a casa e se assustou de novo quando percebeu que conhecia tão pouco das coisas do mundo, que sua imaginação era fraca. Esforçava-se para imaginar os móveis da sala, mas só conseguia imaginar móveis iguais ao da casa dela, só mais ajeitados. Sentiu que era pequeno seu mundo e teve pena de si.

Como gostava de andar a cavalo e lembrou o homem morrendo, cutucou a barriga do bicho e viu que tinha uma boa desculpa para fazer o que uma moça da fazenda não faria, deixou o cavalo correr solto. Todo mundo que via, olhava.

Chegou à casa sede, descabelada, suando e um pouco histérica pela adrenalina da corrida.

Uma empregada veio atender a porta e enquanto Eva explicava que precisava ver o patrão, o patrão chegou. Ou melhor, o filho dele que já deveria, há tempos, ter assumido os negócios da família. Quando viu aquele homem alto e bem vestido, olhos quase claros saltando da carne escuro avermelhada, como quem tivesse exagerado no sol, tão sem energia como se fosse de outro mundo, descobriu que não só sabia quem ele era como sabia tudo sobre sua vida. Ainda que nunca tivesse se aproximado daquela casa, sabia de tudo o que acontecia ali, como se fizesse parte da função do empregado, cuidar do que acontece na vida do patrão.

Era moeda corrente entre o povo da fazenda contar histórias sobre o filho do patrão e sua inutilidade. Gargalhavam quando, por ser solteiro, faziam insinuações sobre suas preferências sexuais. Foi tudo isso que minha avó viu quando olhou a primeira vez para o meu avô e foi esse pano de fundo mais os hormônios que, assim que ele se aproximou perguntando o que era, fizeram-na dizer:

– Desculpe, preciso de alguém que resolva. Pode chamar seu pai, por favor?

Percebeu imediatamente o que havia dito e tentou desdizer, mas algumas falas ganham vida própria e saem voando por aí, impossíveis de serem pegas de volta.

Meu avô ouviu e sentiu uma coisa nova chamada vontade, sentiu uma enorme vontade de ser o homem que resolveria. Sentiu vontade de resolver toda a vida daquela mulher para sempre. Desejou que ela nunca mais se preocupasse com nada além de ser feliz. Sentiu-se arrebatado de tal forma que não imaginava a vida sem ela. Imediatamente, mandou um carro levar minha avó para casa e prestar socorro ao doente. Subiu em seguida, bateu na porta dos pais e avisou que iria casar, nem gaguejou ao dizer quem era ela. Seus pais começaram a argumentar, mas viram nos olhos dele um brilho tão parecido com a loucura que resolveram recuar. Pediu um anel de brilhantes para mãe e não esperou mais, pegou o carro e dirigiu até minha avó.

Na casa, pai e filha estavam ainda atrapalhados pelo atraso do jantar e as emoções de ter vida e morte nas mãos. O pai que teve sua rotina de bebida alterada começava a sentir o tremor aumentar, queria terminar logo a comida para a bebida acalmar os nervos. Estavam assim quando ouviram bater na porta, trocaram um olhar rápido com cheiro de tragédia e Eva foi logo atender. Abriu e viu parado, o homem que havia ofendido pouco tempo atrás. Teve certeza que ele estava lá para colocá-la em seu lugar, demitir seu pai, mandá-los embora mesmo durante a noite.

O pai levantou e foi ver o que estava acontecendo, meu avô pediu licença e foi entrando enquanto minha avó permanecia colada à porta aberta. Muito calmamente, mas seguro do que dizia, dirigiu-se aos dois.

– Não quero tomar o tempo de vocês, sei que o dia foi duro e devem estar cansados, mas o que aconteceu em mim hoje não podia esperar até amanhã.

Olhou para minha avó e continuou:

– Esta tarde, quando te vi, entendi o que vim fazer no mundo.

E, ajoelhando diante dela, com o anel na mão pediu:

– Case comigo.

A cena toda parecia tão sem sentido que minha avó começou a rir, tinha certeza de que era uma armação, uma confusão ou até a loucura na sua forma pura, mas não era real. O pai, com um ar de quem tinha perdido alguma parte, e um desespero que tinha pouco a ver com o que estava acontecendo e muito a ver com o corpo pedindo a bebida, acabou dizendo:

– Se eu entendi bem, o patrão quer casar com a minha filha, é claro que ela aceita. E tirando o anel das mãos do apaixonado, enfiou no anular direito da filha, errando duas vezes antes de acertar.

– Pronto, estão noivos e podem se encontrar para resolver o dia do casamento. Agora é melhor o senhor ir andando porque amanhã acordamos cedo.

Abrindo a porta, indicou o caminho a meu avô que saiu sem entender como, o que foi, saiu tão diferente do que deveria ser.

Dentro da casa, Eva sentiu seu sangue tremendo e movendo involuntariamente todos os músculos do seu corpo. Percebeu que cairia e só teve tempo de sentar no chão antes de desmaiar.

Seu pai não viu, já estava com a garrafa na varanda.

Sempre me perguntei as razões de tanto intercâmbio entre patrões e empregados até entender que a alma humana não quer o que segmenta. Isso é lei da lei dos homens. Enquanto somos crianças, nossa alma ainda lembra que seu destino é, unindo-se às outras almas, voltar a ser um. Os adultos, que tem uma alma esquecida, saem por aí, misturando os sangues, não percebem que o que quer misturar é a alma.

E vivemos uma vida inteira administrando o paradoxo da alma de querer ser livre e querer se fundir.

Capítulo 22

Naquela madrugada, começaram as dores. Primeiro uma cólica fraca seguida de uma sensação da vida se esvaindo. A dor aumentaria, era uma resposta do corpo ao sofrimento.

Eva sabia que estava perdendo o bebê e sabia que culparia meu avô por isso. Sentiu sair com o sangue do filho, o que nela ainda existia de esperança. E sentiu alívio porque entendeu que a vida era frágil, besta mesmo. Que cumprindo a rotina de manhã até a noite, o resto ia acontecendo. O trabalho da gente era menor do que ela pensava. Minha avó contava que na dor profunda de perder o filho, experimentou uma liberdade enorme.

Pararia de sofrer, casaria, aproveitaria a vida melhor e nunca mais construiria outras prisões para si.

Só bem mais tarde entendeu que o desamor é um calabouço, onde gerou e criou sua filha, Bina. Minha mãe.

Marcado o casamento comunicou o menino das duas notícias. Ia casar e não existia mais bebê. Fez isso como suportou. Foi dura, seca e bem clara quando disse a ele que permitiria que continuasse trabalhando na fazenda, desde que nunca mais dirigisse a palavra a ela. Virou as costas e entrou em casa fechando a porta. Foi a única vez, enquanto teve o pai vivo, que não arrumou a casa, não lavou a roupa, não cozinhou e deixou o pai dormindo no sereno, bêbado e sujo.

O menino ouviu tudo e como quem, abandonado pela mãe, já sabia que o amor não era para ele, silenciou. Seus olhos amarronzados em forma de folha ficaram molhados, como tronco de árvore de manhã quando à noite, não foi chuva, mas sereno forte. Nenhuma lágrima inteira. Naqueles olhos, não choveria mais, só a neblina e a umidade serenando para sempre.

Nem mesmo muitos anos depois, quando ele e Bina tentaram recapear um do outro os buracos, ele deixou de sofrer.

Como praga espalhando rápido na plantação, o romance entre Eva e o menino, caiu na boca – e nas graças – dos empregados da fazenda.

Desde o assassinato misterioso de um trabalhador, não se tinha tanta notícia nova. O filho bastardo do patrão ia virar patrão, casar, a noiva era filha de um deles e, para completar, ela antes namorava o grandão que tinha chegado há pouco por lá e que, depois de saber do noivado da amada, foi encontrado atrás da casa do jardineiro com quem morava, pescoço pendurado numa corda e o corpo comprido balançando, quase morto.

Capítulo 23

Festa, padre, vestido de noiva, convidados, todas as providências que diziam respeito ao casamento eram tomadas por Eulália, mãe do noivo.

Ainda que Eva passasse as tardes na casa sede, acompanhando os acontecimentos, aquilo não dizia respeito a ela. Tratavam-na bem, quase carinhosamente, mas ela não reconhecia aquele universo. Um tanto de dinheiro sendo gasto à toa, costureira da cidade longe tirando medidas para vestir os noivos, convites sendo enviados para muitas pessoas, presentes caros chegando, e a alma de Eva, tão distante dali, andava pelos cômodos, verificava as panelas, roupa de cama, a produção na horta, os cuidados com os bichos e com a casa. Esse universo era o conhecido, lavar, cozinhar, colher, cuidar dos animais.

Aqueles dias, antes de casar, serviram para atiçar em Eva a vontade de assumir aquela casa, organizar, embelezar, colocar a sua ordem e seu jeito ali. Dizia a si mesma que essa seria sua recompensa pelo sacrifício. Sogra e sogro partiriam para viver na Europa logo depois do casamento e muitas vezes a nora ouviu que caberia a ela dar as ordens e conduzir o cotidiano daquele lugar.

Isso Eva desejava.

Suportava os dias explorando a casa sede e a noite imaginando a vida ali.

Imaginar a vida ali era literal. Sua imaginação tocava as paredes, cheirava os lençóis, fiscalizava o almoço, ia até o jardim e mudava as flores, lixava as janelas e era como se, nessas horas, ela e a casa fossem num corpo só de cinco sentidos misturados.

Eva sabia que morar na casa sede seria como se diluir eternamente naquelas terras, essa era uma ideia aconchegante e quente. Era a ela que minha avó se apegava quando doía demais, e doía demais sempre.

Para estar logo depois do almoço escolhendo enxoval e afins com a sogra, passava a manhã correndo com a arrumação da casa e, à noite, dormia mais tarde para fazer o que não teve tempo no dia. Nunca mais o café gotejando e ela podendo sonhar. A vida estava agitada e mesmo seus devaneios andavam com pressa de partir.

O que continuava igual era a bebida e a mudez do pai. A única vez que mencionou o casamento foi avisando que não iria.

Eva guardou para sempre o vazio que sentiu caminhando sozinha até o altar.

Conta que foi no meio desse trajeto e desamparo, vendo a imagem de Nossa Senhora na frente, entendeu que solidão era falta de Deus e, pedindo para que ele a acompanhasse até o noivo, sentiu-se amparada e em paz.

Por isso, muito mais do que com o marido, depois do casamento, passou a dividir seu corpo com seus Deuses (que foi descobrindo serem muitos de um Só), com eles discutia, argumentava, ficava de mal e fazia as pazes, tinha longas conversas esclarecedoras. Minha avó costumava dizer que a partir desse encontro sua alma vivia ajoelhada e em oração.

Aos poucos, sua compreensão sobre as leis divinas ia ganhando clareza na passagem da vida. Com todos os abortos que provocou e o nascimento de Bina contra sua vontade, concluiu que deveríamos aceitar o que nos cabe, mas não precisamos gostar disso. Aprendeu ainda que temos limitações, algumas de fato intransponíveis e que, apesar disso, devemos ser nosso melhor. O principal, segundo ela, dizia respeito a exercitar e estimular o bem dentro da gente.

– A Eva perfeita, não existe, é uma ideia de mim que aponta os caminhos, mas não passa de uma ideia.

Talvez por isso, sentisse tão pouco por seu desamor com Bina. Para Eva, isso era uma parte necessária e contra a qual ela pouco podia fazer. Aceitava a filha, o casamento, o marido só não gostava disso, de resto era boa, mesmo quando era má, era boa.

Casaram-se em um domingo, com a presença de todas as relações da família do noivo e nenhum parente ou amigo da noiva.

Mesmo a ausência do pai não causou espanto. Quando Eva foi comunicar envergonhada que o pai não viria, sogro e sogra mal disfarçaram o alívio e rapidamente tentaram consolá-la argumentando que poderia entrar com o sogro ou mesmo direto com o noivo. Nem mesmo perguntaram a razão porque era óbvia demais. Eva, por sua vez, disse que entraria sozinha. – Nasci e vou morrer assim, acho que consigo atravessar um corredor. – Dizendo isso, encerrou a conversa.

Seu futuro marido ficou quieto e assim que pôde, perguntou discretamente à minha avó se ela gostaria que fosse até sua casa, quem sabe o genro conseguisse convencê-lo. Eva sorriu, não em retribuição ao afeto, mas por imaginar que seu pai e aquele homem gentil, cheiroso e educado pudessem ter qualquer parentesco.

Sentiu, misturado com a lavanda pós-barba recém-passada, o cheiro das roupas mijadas do pai e ficou pensando como faria para que esses dois homens nunca mais se cruzassem. Eva teve tamanho sucesso que, tirando o dia em que pediu sua mão, o marido foi encontrá-lo outra vez só no caixão, de roupa escondida em flor e sem transpirar suor e bebida.

Capítulo 24

O dia do casamento começou ensolarado, Eva saiu cedo de casa e deixou o pai dormindo de ressaca.

A cerimônia religiosa estava marcada na Igreja da fazenda às onze horas da manhã e a festa com o almoço, em seguida. A noiva seria vestida e penteada na casa sede onde muitos dos convidados estavam hospedados.

Algumas semanas antes do casamento, a ala sul da casa foi aberta para receber quem por lá ficasse. Colchões colocados no sol, tapetes sendo surrados nas janelas deixando ao redor uma nuvem de pó e teias de aranhas arrancadas de um longo período de paz. Tudo que parecia morto naquela casa ganhou vida. Empregados chegavam aos montes, e circulavam trazendo, levando, limpando e agora, lá estavam eles, os convidados, usufruindo de tanta ordem, como se a vida ali fosse sempre assim.

Durante a manhã Eva se arrumou, ou melhor, foi arrumada. Olhava tudo indiferente, queria mesmo é que acabasse logo para começar a trabalhar e organizar aquela bagunça toda. Enquanto se vestia e ouvia o burburinho lá fora, pensava na casa sem ninguém. Em fechar os quartos de novo e guardar as louças.

O único susto que minha avó tomou foi pronta, na frente do espelho. Estava bonita, verdadeiramente bonita, como não sabia que poderia ficar. Então, engoliu junto com o choro, a saudade da mãe e de quem ela mesma havia sido até ali.

Passados os primeiros passos difíceis em direção do altar, Eva, cheia dela e de Deus, assustou também o noivo com a transformação e ele, em um amor que já não cabia mais só dentro, chorou de amor demais.

Ainda durante o casamento religioso, as falas do padre perdiam pedaços para trovões que, mesmo longes, já faziam barulho. Terminada a cerimônia, que Eva suportou com certo tédio, convidados aflitos correram para fora checando se a cobertura da festa daria conta do temporal.

Apesar da chuva, forte, prometendo transformação, violinos acompanhavam os noivos de mesa em mesa para receberem os cumprimentos. Eva sabia que, assim que partiam de cada mesa, deixavam comentários maldosos sobre a origem simples da noiva e a pouca macheza do noivo.

Se no rosto minha avó sorria, por dentro era um silêncio só. Nem mesmo o constrangimento que achou que sentiria diante de tanta gente mais endinheirada e culta do que ela, passou por ali. Nada daquilo lhe pertencia, a não ser aquela casa. Aquelas pessoas eram indiferentes para ela, tirante o fato de estarem com os pés nas suas terras.

À medida que a chuva aumentava, mais e mais salas da casa eram abertas para abrigar os convidados, todos já úmidos em alguma medida. A visão dos pés molhados ensopando o chão de madeira recém-encerado começou a criar em Eva um mal-estar que piorou, minuto a minuto, até explodir em uma golfada de vômito no meio do salão mais cheio, respingando no sapato engraxado dos homens e nas barras coloridas das mulheres. Retirada da sala às pressas pela sogra, Eva teve certeza de ter colaborado para mais uma maledicência. Diriam que ela, recém-abortada de um filho do menino, engravidou do patrão.

Pouco depois começaram as despedidas, viagens longas pela frente, coisas para organizar, filhos pequenos. As desculpas eram as mais variadas e a razão uma só, todos sabiam que, ali, quando começava a chover assim, era imprevisível, pingava por dias e toda a região alagava. Não chegava ou partia ninguém.

Mesmo os hóspedes que planejavam passar mais tempo, começaram rapidamente a arrumar as malas. Na última tempestade dessas, a fazenda havia ficado isolada por mais de mês. Para o alívio de Eva, uma festa que duraria três dias, vingou apenas algumas horas. Misteriosamente partindo o último convidado, a chuva cessou e chamou o sol para presenciar a primeira ordem de minha avó como fazendeira.

Ruth, uma espécie de governanta da casa-sede perguntou aos pais do meu avô, o que deveria fazer com tanta comida boa sobrando. Disseram que Ruth agora deveria falar diretamente a meu avô que, por sua vez, mandou perguntar à esposa, responsável a partir daquele dia pelas decisões que envolviam o comando da casa.

Em pé na sala, Eva ouviu essa conversa toda e quando Ruth se dirigiu a ela, olhou para todos e disse:

– Quero que distribua para os empregados da fazenda.

E nessa hora, era sua a festa de casamento.

Capítulo 25

Alguns dias depois, com a partida dos sogros, Eva tomou conta das funções e mudanças da casa. Fez isso com uma naturalidade espantosa mesmo para ela. Fora coar o primeiro café da casa e fazer o pão, minha avó se desobrigou do concreto das coisas. Cozinhava quando queria, se queria e o que queria, fazia o que dava prazer.

Se nesses anos todos, lavou, limpou e cozinhou, decidiu que nessa nova vida, era outra, e isso, não faria mais. Tirando a gravidez de Bina quando esfregar chão era seu alívio, e o cozinhar, que as mãos e a alma exigiam e ela cedia com frequência, não fez mais nada. Entretanto, fazia tudo. Participava de cada detalhe daquela casa e seu redor, e havia tanta tranquilidade na maneira que dava ordens aos empregados que nunca, nenhum deles, sentiu arrogância nela humilhando eles. Eva agia como quem comanda um grupo, mas faz parte dele, um capitão no barco, cujas boas decisões, garante que sobrevivam todos.

Não fazia o almoço, mas escolhia na horta o melhor do dia, ajudava a cortar, enfeitar. Passava nas panelas como uma bruxa jogando temperos, mexendo a colher de pau, aspirando o vapor dos cozidos, atiçando ou amainando o fogo colorido do fogão à lenha.

Até morrer, o dia de minha avó começava muito cedo e o meu, enquanto criança começava também. Quando fui para o colégio, sair da cama para as orações da manhã era uma tortura, já a fazenda, instigava minha curiosidade infantil. Acordava o desejo de descobrir que cara teria aquele dia recém-nascido.

Não havia rotina, havia coisas estáveis.

Sabia, por exemplo, que ao entrar cedo na cozinha imensa, encontraria minha avó sentada à mesa, escolhendo feijão, o fogão aceso preparando o café, e ela pensando o que mandaria fazer no almoço. Minha cabeça de criança ficava confusa com uma refeição penetrando a outra. O almoço se intrometendo no café da manhã ainda intocado e desproporcionalmente farto. Naquela época não sabia que quando envelhecemos, o tempo diminui.

Eva perguntava:

– O que quer almoçar hoje?

No seu exercício supostamente diplomático, Eva me tornava importante por participar de uma "decisão familiar". Sentia que fazia parte.

Descobri depois que Eva perguntava por perguntar. Sabia que na hora do almoço, diante das delícias que orquestrava com as cozinheiras, ninguém lembraria a sugestão matutina.

Quando meu avô, bravo, perguntava a ela desta mania de levantar de madrugada quando café, até ele sabia coar, Eva respondia que o gotejo do primeiro café, levava junto, gota a gota os restos do dia anterior que a noite não deu conta de apagar e só assim começava o dia com bastante espaço na mente.

Já se alguém perguntava por que tanta questão de fazer a massa e assar o pão que comíamos lá, Eva não sabia responder. Dizia que gostava da transformação. Não era só isso, desde pequena, vendo minha avó fazendo a massa, ficava fascinada como sua mão forte batia e acarinhava quase simultaneamente, a mistura de farinha e ovos. Mais velha entendi que Eva colocava, neste bate e alisa, toda a sua ambiguidade.

Capítulo 26

Praticamente a vida toda de Eva foi passada assim. Minha avó tinha uma constância. Em todas as coisas. No seu bom e no seu mau.

Casada iniciou a rotina da casa e dos abortos.

Meu avô, que sempre desejou filhos, estranhava que nunca chegassem. Ainda não sabia que Eva interrompia seus caminhos. Usava, para evitar uma gravidez, todos os métodos que encontrasse disponíveis na fazenda. Fuçava ervas, perguntava discretamente às empregadas como evitavam e, quando isso não funcionava, passava aos abortivos sem problema algum.

Não queria filhos. Quis um. Que esse homem que agora se dizia seu marido, matou com um pedido de casamento. Não perdoaria. Não daria a ele, exatamente o que ele lhe roubou.

Eva sabia não ser ele o responsável pelo aborto, só era insuportável pensar que, ela mesma, com a corrida que deu a cavalo, provocou o sangramento. Pior ainda era se encontrar com a parte dela que, até hoje, sentia alívio pelo bebê morto. Qualquer pensamento que tivesse essa cara, disfarçado ou não, era capturado e mandado para o calabouço.

Não dar filhos ao meu avô era seu protesto, uma imposição do seu desejo sobre o dele. Uma luta silenciosa com mortos e sem feridos.

Daí ter enlouquecido tanto com a existência da menina imposta. Cada filho matado era uma batalha ganha, mas Bina fez Eva perder a guerra.

A resistência de minha mãe em se descolar do útero de Eva fez com que Bina fosse costurada no lugar do hostil e não do gentil, onde os filhos deveriam ser criados.

Uma vez eu quis saber se minha avó, ainda amou muito o menino. Nem pensou para responder.

– O amor nunca nasce e nunca morre, é uma doença boa que a gente pega por aí, cura, pega de novo. É difícil saber se sarou, e tem amor que nem cura nem mata.

Era sua forma de dizer que não sabia. Sua história com o menino era outra vida. Saiu da casa do pai sem bagagem. Tudo o que tinha vivido ali, passou a fazer parte do canto das coisas ultrapassadas, do que não faz mais sentido algum, do desatualizado e até do ridículo.

Ainda assim, era em nome desse amor que Eva legitimava seus abortos e seu desprezo por meu avô.

Cumpria as obrigações matrimoniais de cara feia e fazia questão de passar o resto do tempo ignorando o marido que estava sempre pronto para tratá-la como uma Deusa. Sentia por ela uma adoração, olhava minha avó com olhos de encantamento. Eva, por incrível que pareça, não abusava disso. Tinha medo de perder esse lugar. O olhar de meu avô deu a ela uma importância, mudou o patamar da sua existência.

Capítulo 27

Desde a mudança para a casa sede até ficar doente, minha avó manteve na vida, os mesmos horários, os mesmos hábitos, os mesmos afazeres. Somente em três situações o mundo de Eva ficou verdadeiramente abalado. Durante a gravidez, quando mudou para a cidade e quando se apaixonou por meu avô.

A decisão de mudar para a cidade já foi consequência de um lampejo de amor pelo marido, mas Eva levaria ainda muitos anos para aceitar o sentimento.

Quando Bina fez doze anos, meu avô comunicou que ela iria para o colégio interno. Para surpresa geral, Eva, que não se envolvia nas questões da filha, discordou do marido e declarou que mudariam para a cidade "enquanto a menina estudar lá".

Acontece que no último ano, meu avô dormia cada vez mais noites fora de casa e, na cidadezinha próxima, seu caso com a viúva não era mais segredo para ninguém.

Passados os primeiros anos de casamento, diante do desinteresse de Eva, meu avô ia negociar na cidade de dia e por lá ficava de noite negociando um pouco do mimo feminino. No fundo, fazia isso para chamar a atenção de minha avó. Levava para cama, além da prostituta o desejo de enciumar Eva. Como as ausências noturnas aconteciam vez ou outra, minha avó nunca disse nada a respeito. Considerava a atitude do marido, decorrência natural das suas.

De repente, alguma coisa mudou. O que era de vez em quando virou frequente, primeiro uma vez no mês, depois toda semana, até uma hora em que meu avô dormia mais lá que cá e Eva, que nunca se afetava pelos assuntos dele começou a ficar agitada. Não que falasse alguma coisa, mas as olheiras da manhã contavam de uma noite longa de corpo dormindo e mente acordada querendo saber se ele chegaria. Meu avô, por sua vez, chegava cada vez menos.

Rosália era uma mulher bonita de corpo e rosto judiados. Filha única de pais falecidos casou nova com um homem bom que morreu antes de deixar para ela filhos ou bens. Aos 25 anos, não tinha ninguém, era pobre e viúva.

Foi trabalhar com os ricos e nas três primeiras casas os patrões tentaram agarrá-la. Descobriu que seu corpo seria seu melhor ganha-pão. Cheia de vergonha bateu na porta do prostíbulo e foi ali, bem recebida.

As meninas tratavam a profissão tão à vontade que rapidamente Rosália passou a se divertir trabalhando e assim esteve até chegar aquele homem alto, elegante e de chapéu. Disseram que era o maior fazendeiro da região, raramente dava o ar da graça, mas quando vinha distribuía agrados.

Rosália se aproximou e subiram juntos em silêncio. Daquele dia, a frequência de visitas do meu avô ali foi aumentando até decidir tirar a viúva de lá e instalá-la numa casa confortável, na saída da cidade, a caminho da fazenda.

Esse foi o limite para Eva, que aproveitou a idade escolar de Bina para tirar o marido daqueles lados e tirar Rosália do lado dele.

Meu avô insistiu, argumentou que seria impossível abandonar a fazenda, que ela não se adaptaria à vida na cidade. Tudo em vão. Minha avó não perderia aquela oportunidade e, extremamente hábil, foi esvaziando cada argumento dele.

Contratou dois administradores e marcou reuniões quinzenais na cidade, garantindo que meu avô não precisasse vir à fazenda. Doou as roupas simples de fazenda que ela e Bina usavam e mandou vir de fora tudo que fosse considerado moderno e atual. Chegavam caixas e caixas de roupas, sapatos, bolsas, maquiagem.

Meu avô observava aquilo tudo atônito e esperançoso.

Não que Eva estivesse diferente com ele, mas essa movimentação toda, esse empenho em partir da fazenda e se arrumar só podia ser pela Rosália. Eva estava com ciúmes e para meu avô, isto, mesmo vindo sozinho, já era um sinal de amor.

Mais uma vez, acatou as decisões de minha avó, na esperança de um fio de amor dela.

Capítulo 28

Foram sete anos na cidade e poucas voltas para a fazenda nesse período.

Viveram lá uma aparente normalidade. Como bons pais, levavam e buscavam a filha na escola, Eva participava de chás à tarde e meu avô dos jogos de pôquer à noite.

A única ligação permanente com a fazenda era a presença de Ruth que acompanhou a família especialmente para garantir que Bina viesse sem causar maiores problemas.

Foi ela a maior testemunha das mudanças. A sedução de Eva com o marido, deixando que se aproximasse o suficiente para desejar permanecer perto, e a ilusão dele de que poderiam ser um casal feliz. Ruth testemunhou ainda os muitos choros noturnos escondidos de minha avó, que sentia nas entranhas a saudade da fazenda, mas vivia os dias como quem nasceu na capital. De tudo o que Ruth viu nesse período, não queria ter sido a testemunha principal do que acontecia com Bina.

Minha mãe chegou à cidade com doze anos sem nunca ter saído da fazenda e sem nada forte o suficiente por dentro para sustentar o choque da mudança. Se um lado seu tentava se adaptar às novas roupas, amigas e até pais mais presentes, outro lado desabou e, recusando qualquer alimento, voltou a comer só o que os dedos de Ruth amassavam e davam na boca.

Ruth viu seu trabalho de dar a Bina uma existência minimamente estável, cair por terra. Na cidade, minha mãe criança, que nunca cresceu, perdeu o pouco que era ela.

Aos dezesseis anos conheceu meu pai e foi um encontro morno prevendo a relação e o casamento gelados que viriam a seguir.

Minha mãe se casou aos dezenove e Eva, já segura para voltar, deixou tudo como estava, catou Ruth, que se recusou a deixar para Bina, o marido e voltou para fazenda como quem nunca tivesse saído de lá.

Bina engravidou de mim menos de um ano depois e, na primeira oportunidade, correu também de volta para a fazenda. A diferença é que o marido, ela deixou.

Capítulo 29

O único que sofreu para voltar ao cotidiano da fazenda foi, por incrível que pareça, meu avô. Ainda que amasse aquele lugar, seus anos vividos na Europa deram a ele certo prazer no requinte. Sentia falta das noites de lua quieta, mas também adorava o burburinho que a gente da cidade fazia até tarde na rua.

Assim explicava para os outros o desânimo com a volta. Por dentro, o que doía mesmo era a mudança na relação com Eva.

Vivendo na cidade, meu avô experimentou se sentir um tanto mais marido dela. Não sabia se ela permitiu ou ele se apoderou. É como se lá, o masculino dele e o feminino dela ganhassem força. Seus papéis ficavam mais claros, facilitando o encaixe da dupla.

Na fazenda, Eva recuperou uma dureza com ele, uma distância, a linha imaginária que delimitava o espaço de cada um voltou a existir e meu avô, que nos últimos seis anos, nunca mais havia pensado em Rosália, lembrou dos carinhos dela com saudade.

Não demorou a voltar a procurá-la, nem precisou procurar muito. Rosália, sem ter como pagar o aluguel quando ninguém mais pagava, voltou para a casa das meninas e tinha feito, desde então, o que fazia melhor. Aliviar com seu corpo a dor dos outros e esquecer a própria.

Meu avô chegou tímido, envergonhado, como um menino que fez coisa errada. Foi recebido por ela com beijos, abraços, apertos e se sentiu querido. Foi de seis meses o tempo passado entre chegar da cidade grande e remontar a casa para a Rosália. E mais seis até estar morando com ela.

Sempre ouvi que essa mulher gostou muito dele, que gostou dele desde a primeira vez que o viu e que tinha por ele, sobretudo, uma gratidão enorme. Rosália tratava o amante como se fosse um rei. Cozinhava os pratos que ele mais gostava, e na cama se divertiam e gozavam. Naturalmente, meu avô passava cada vez mais tempo lá e menos na fazenda.

Quando fazia já mais de uma semana que o marido não aparecia para dormir, Eva vestiu sua melhor roupa e foi, como fazem tantos traídos, bater na porta de Rosália. Do portão, ouviu a música tocando e a voz do meu avô, chamando Rosália de um apelido carinhoso, gritava que o almoço "estava cheiroso demais".

Voltou para a fazenda sem tocar a campainha e, no dia seguinte, fez as malas dele e mandou levar.

Ver meu avô feliz, ouvindo música e falando alto, doeu mais que a traição em si. Entendeu que havia feito desse homem um cárcere da sua infelicidade e ele, por amor ou doença, aceitou. Que o obrigava a carregar a responsabilidade de todo o errado da vida dela e que, por isso, ele andava curvado, medindo as palavras, evitando atrapalhar.

O homem que ela viu na casa de Rosália, ela amou, só não tinha certeza se ele existiria ao lado dela.

Capítulo 30

Enquanto isso, Eva começava a ficar sem chão. A casa sede sem Bina e meu avô parecia um claustro. Depois que os empregados se recolhiam, minha avó andava pela casa de camisola comprida branca, cabelos longos desgrenhados e sabia que iria enlouquecer. Tinha medo de morrer sozinha e rezava pedindo para o marido chegar. Nessas orações sem fim, quando os sentimentos faziam transbordar a angústia, começou a saber que estava amando meu avô.

Tinha saudade do formato dos seus ossos que saltavam da barriga magra quando deitava, dos sonhos que ele sonhou nos últimos anos e só ela viu, da presença ao alcance, do amor dedicado e gentil que dia após dia foi oferecido a ela, que recusava sem nem mesmo olhar.

Meu avô ia quase diariamente até a fazenda, cuidar de tudo. Almoçava com Eva em silêncio, como havia feito todos esses anos, mas agora o silêncio do meu avô a incomodava porque ela tinha podido ouvir sua voz. Ele por sua vez, vivendo um amor possível, não reparava que minha avó andava caprichando no almoço, nas roupas e na conversa.

Um dia, entre uma garfada e outra, ele disse:

– Não aguentava mais viver assim, um ser desistido de você.

Foram tempos tenebrosos para Eva.

Ruth dizia que nesse período, tinha tanta tristeza em minha avó que ela chorava junto. A patroa começou a definhar, vivia fraca, doente, tossindo e quando ela não levantava mais nem para almoçar com meu avô, ele, que não reparou nela arrumada, nem na melhora dos pratos, reparou na falta dela.

Pediu a Ruth para chamá-la, mas Eva não saiu da cama e se recusou a vê-lo.

Meu avô achava o desamor dela por ele tanto, que em nenhum momento, pensou que ela estivesse apaixonada.

Bina estava para dar a luz, meu avô iria para a capital sozinho ficar com a filha, já que Eva não iria acompanhá-lo. Minha mãe não sabia do que vinha acontecendo na fazenda, até o pai pedir para que fossem embora assim que a criança nascesse, por não achar seguro deixar Eva sem ninguém além de Ruth.

Se Bina ficou chocada diante dos acontecimentos e do estado da mãe, ficou também felicíssima com a possibilidade de voltar para casa e beber mais à vontade. Minha mãe adquiriu o hábito quando eu e ela ainda iríamos compartilhar tudo por mais três meses.

De repente, o meu nascimento tinha uma função, alegrar minha avó.

Chegamos à fazenda, eu recém-parida, Bina com trejeitos da cidade e meu avô cansado da viagem e dos últimos eventos. Encontramos a casa às escuras. Nada que lembrasse que ali havia passado alguém na última semana. Gritaram por Ruth que veio lá de dentro às pressas, agradecendo a Deus e com lágrimas nos olhos.

Há vários dias, Eva não saia do quarto e nem deixava Ruth sair. Mandou dispensar todos os empregados e estavam vivendo de água e biscoito que Ruth pegava escondido quando Eva cochilava. Melhor, ela estava vivendo disso. A patroa não comia nem bebia nada há quatro dias.

A primeira vez que vi minha avó com meus olhos de bebê, ela era uma figura cadavérica.

Capítulo 31

Ruth contou que me pegou no colo e me mostrou para Eva. Mesmo sem força, minha avó sorriu e pediu água, e um pouco mais tarde comida e por fim, pediu para abrir as cortinas e janelas.

Dormi já na primeira noite no quarto dela e de lá só saí, sob protestos meus e dela, aos três anos.

Comigo e Bina agora em casa, meu avô passava os dias na fazenda e ia, toda noite, dormir na cidade. Ele mais presente, ajudou Eva a se recuperar mais rápido e, tirando a partir das cinco e meia da tarde, horário em que ele se despedia para voltar no dia seguinte as seis, a casa funcionava como antes, mais alegre pela presença de um bebê.

Eva nunca pediu para o marido voltar, mas quando alguns anos depois, Rosália morreu de um câncer que nem ficou, chegou e já partiu com ela, minha avó comunicou que ele poderia morar na fazenda se preferisse, no quarto com ela. Meu avô aceitou sem esperança e nem imaginava que, a partir daquele dia, Eva seria uma esposa de fato e com prazer.

Capítulo 32

Jacobina, minha mãe, nasceu 14 de julho não sei de que ano, porque a vida toda mentiu a idade. Quando nova dizia mais velha e mais velha dizia mais nova. Acontecia também de ela adequar a idade à circunstância. Um jantar mais formal com meu pai acrescentava dois ou três anos à idade que estava usando no momento. Um encontro com as amigas das compras, por sua vez, subtraia alguns anos automaticamente.

Ninguém desmentia, ninguém discordava, ninguém questionava. De alguma maneira, todos percebiam que bastaria um sopro em seus saltos altos para que desmoronasse toda. Dava pena sua fragilidade, sua submissão a uma condição existencial insuportável e que ela não conseguia mudar.

Era desencaixada, na cidade, uma caipira, na fazenda mulher metida da cidade.

Parecia uma alma que veio com força, cheia de energia, mas que a vida, retirando todo o ar, deixou flácida.

Nasceu de birra, impôs-se, resistiu aos métodos vários abortivos de minha avó que haviam funcionado tão bem até ali. Alguns fetos duravam um pouco mais de dois meses, mas no fim, criança a criança, deixou de existir.

Menos minha mãe.

Mais tarde, quando todo mundo conhecia a história, minha avó dizia sem pudor, criando defeitos para a filha.

– É tão teimosa que conseguiu viver.

Acrescentando com crueldade:

– E olha que eu fiz de tudo!

Minha mãe baixava os olhos sempre meio turvos e sonolentos do álcool e eu sabia que estava sofrendo. Ainda que nem ela mais soubesse.

Eram esses os piores momentos, ver a maldade de minha avó que eu amava tanto, sendo despejada inteira sobre minha mãe, que eu também amava. Como não escolher um lado nesta guerra branca?

Despejada inteira porque durante muito tempo, as flechas envenenadas foram lançadas também ao meu avô. Nessa época, aquele tanto que era tudo o que havia de mal e venenoso em minha avó era dividido. Depois não, minha mãe recebia a carga sozinha.

Eu nunca entendia isso. Eva era um ser humano maravilhoso, boa, doce, amada pelos empregados. Viveu para melhorar as condições de quem lá trabalhava.

Organizava grandes reuniões com as mulheres todas da fazenda para discutir problemas, encontrar soluções. Arrecadava agasalhos e cobertores para as famílias no inverno, promovia campeonatos de natação, no rio que corria atrás, quando era verão. Fazia vir da cidade, dentista e médico uma vez por mês. Se a doença era grave, encontrava vaga no hospital para o doente.

Cuidava das crianças, todas e muitas da fazenda, como se fossem seus filhos. Só desprezava minha mãe e, por muitos anos, meu avô. Filha e marido.

Imagino sempre que isso fez de Bina um vulcão adormecido. Um enorme buraco oscilando constantemente entre explodir e implodir.

Um dia de inverno, eu já moça, minha avó quase idosa, na mesa com bolo morno e café quente, estava ouvindo Eva recontar sua vida. A morte prematura da mãe, a eterna bebida do pai. Ela ia falando uma coisa e já pensando em outra, sabia que estava fazendo isso quando seu olhar ia longe, para um nada, como se as órbitas voltassem para trás e pudessem enxergar até o fundo da cabeça.

Ficou quieta, mais distante ainda e disse:

– Na vida fora, não perdoo Bina e seu avô, mas na vida dentro, não acho perdão para os meus pais.

Levantou em silêncio e passou o resto do dia fechada no quarto.

Na mesa do jantar, os olhos inchados denunciaram o choro da tarde.

Capítulo 33

Desde o casamento, quando decidiu usufruir o que a tragédia de casar contra sua vontade trouxesse de bom, o único chão que ainda lavava, era da casa de seu pai.

Praticamente nunca mais se encontraram. Eva chegava quando ele já dormia embriagado, arrumava a casa, o pai, e a marmita do dia seguinte. Viviam assim, um como se o outro não existisse.

Na casa sede, fora o que fazia querendo, não tirava nem mesmo seu prato da mesa e com tal propriedade, que era possível imaginar que tivesse nascido servida.

Contam que durante a gravidez Eva fez, onde pode, todo tipo de trabalho pesado. Carregava baldes cheios de água e passava os dias esfregando roupa abaixada. Durante a faxina, que deveria ser feita duas vezes por semana, seguindo suas determinações, participava ativamente. Tirava das enormes estantes da biblioteca todos os livros, subindo e descendo a pequena escada que levava às prateleiras mais altas. Enchia o chão dos banheiros, estivessem em uso ou não, de água sanitária, ficando horas de quatro, esfregando com um pano e as próprias mãos, até que ficassem em carne viva, mãos, joelhos e azulejos.

Enlouquecia os empregados que, de um lado, recebiam ordens expressas do patrão proibindo minha avó de qualquer esforço maior, e de outro, os gritos descontrolados de Eva:

– Ninguém manda em mim e na minha casa mando eu! O infeliz que se mude!

Meu avô, coitado, andava a casa feito pião para se antecipar a todos os desejos e necessidades da esposa. Um menino tentando aplacar a ira de mulher.

Lá pelo oitavo mês, quando já estava cansada de odiar tanto todas as coisas do mundo, dizem que foi tomada por certa melancolia, como se carregasse um filho morto. Não saia do quarto, pouco falava ou comia.

Deitada de olhar vidrado e pensamento longe passava os dias ouvindo o choro silencioso de meu avô que, temendo pela mulher e pelo bebê, culpava-se por ter insistido tanto em ter filhos.

Capítulo 34

Assim estava a casa quando chegaram da Europa para o nascimento do neto, meus bisavós. Assustados com o cenário, acharam por bem levá-la ao hospital da cidade. Meu avô resistiu e só deixou levando junto a parteira da fazenda, que era em quem confiava desde que chegou ao mundo pelas mãos dela.

Essa exigência era uma intuição.

No caminho a bolsa rompeu, as contrações vieram e um bebê foi cuspido em exatos três minutos. Eva virou o rosto sem olhar a filha e exausta, quis voltar para casa.

Assim nasceu minha mãe, sem lugar definido, no meio do caminho. Alguém que nasce entre uma coisa e outra.

Chegaram em casa e a alegria do meu avô ficou absolutamente constrangida diante da tristeza de minha avó, que foi levada pelas empregadas e parteira até o quarto. Tiraram suas roupas, lavaram bem cada parte do seu corpo e assim que colocaram a camisola limpa, Eva apagou e dormiu por dois dias seguidos enquanto a filha exercitava os recentes pulmões chorando um misto de desamparo e fome.

Tentaram acordar minha avó algumas vezes sem sucesso. Ruth, sendo a empregada mais antiga da casa, ficou responsável por cuidar da higiene de Eva e verificar se o leite descia. Nunca desceu. Passadas sete horas do nascimento, minha mãe ainda não havia sido alimentada e começava a dar sinais de fraqueza quando meu avô decidiu que, mesmo sem consultar a esposa, chamaria uma ama de leite e alguém para cuidar da filha.

Eulália, minha bisavó que veio para ajudar, estava tão chocada com o caos, que mais atrapalhava. Andando de um lado para o outro, balançando a menina berrando nos braços, lágrimas escorriam dos olhos de todas as gerações.

Dois dias e duas noites depois, Eva acordou faminta, foi até a cozinha e começou a comer como alguém sem filho.

Um filho transforma de maneira tal que, passada essa experiência, uma mulher não será a mesma. Seu olhar, seu corpo, seu choro e sorriso, o comer e o vestir. Tudo muda. As mulheres ganham a aura de Nossa Senhora porque todo nascimento é um milagre e toda criança é Jesus.

Minha avó ali, sentada, comendo há pouco de ter dado a luz, era sem a cor que um filho dá.

Não perguntou da criança que a essa altura, ainda não tinha nome nem mãe. Meu avô, temendo sua reação quanto à ama de leite e à babá, tocou no assunto e Eva, como quem lembra alguma coisa sem muita importância, arregalou os olhos:
– Que bom que já cuidou de tudo.

E quando ele perguntou que nome ela gostaria de dar, respondeu:

– Cuide disso também.

E voltou para o quarto porque estava louca por um banho.

Capítulo 35

O fato é que minha mãe foi crescendo desamada e condenada eternamente, porque viveu quando deveria ter morrido. Gerada e parida sem razão.

Enquanto pôde, minha avó ignorou a existência de Jacobina. Esse foi o nome que meu avô escolheu para a filha, sem a ajuda da esposa. Alguém teve preguiça, chamou de Bina e Bina ela ficou a vida inteira.

Em uma de nossas raras conversas sóbrias, contou-me que seu nome era a forma feminina de Jacob e significava "aquele que vence". Nos seus olhos soube que minha questão nova era antiga nela. Se meu avô escolheu seu nome conhecendo o significado, provavelmente, já naquela época, conhecia também os abortos.

Nomear minha mãe foi a única coisa que ele fez pela filha integralmente, sem reservas. Todo o resto, passava pelo olhar gélido da minha avó. Ia acarinhar a filha e seu gesto perdia a força no meio do caminho, ficava suspenso no ar como vontade e chegava filtrado pelo receio de decepcionar a esposa amando a filha.

Durante os dois primeiros anos de vida, minha mãe foi amamentada pela mulher que tivesse leite, cuidada pela empregada que estivesse disponível e seu território ficava restrito a alguns cômodos mais afastados da casa. Nem mesmo Ruth, que cresceu na casa principal agarrada na barra da saia da mãe enquanto ela cozinhava, pôde cuidar de Bina. Quando tomou coragem e pediu para se dedicar à menina, ouviu de Eva que tinha funções mais importantes ali dentro. Nunca mais falaram a respeito. Patrão era a patroa e ela era empregada, o suficiente para encerrar o assunto.

Minha avó solicitava toda a equipe para a mais simples das tarefas, garantindo que a casa funcionasse exatamente como antes e apagando desesperadamente todos os rastros que pudessem delatar que havia agora na casa uma criança, sua filha.

Bina, por sua vez, aprendeu rápido como uma filha indesejada deve se portar. Andava pela casa em silêncio, encostada nas paredes como quem quer, virando areia e cal, virar parede. Respirava curto e baixo sabendo que sua respiração era uma afronta. Respirando pouquinho, existia menos, parecia menos viva, talvez passasse despercebida.

Aprendeu a forma infantil das palavras papai, água e comida. Como cada hora era uma empregada diferente cuidando, chamava a todas de Nena sem distinção, menos Ruth que virou Uti. A mãe cresceu chamando Eva e, como poucas vezes na vida se dirigiu a ela diretamente, mesmo esse nome, Bina usou pouco. De resto, aquela criança não falava, nem ria.

Passava os dias de cabeça baixa, sentada no tapete com as bonecas que o pai trazia de presente escondido da mulher. Alguns dias, a visita do pai à área da casa onde Bina ficava, injetava nela um pouco de vida e talvez pudesse ter curado uma parte da dor da menina, mas ele estava sempre tenso nos encontros, como se tivesse medo que ela o amasse demais e ele não pudesse retribuir.

De tudo, o que partia o coração de Ruth – que não tendo filhos, adotou Bina dentro dela, mesmo de longe – era o olhar.

Na adolescência, vi muitas vezes minha mãe na cozinha da fazenda completando escondido com vodca, o copo de suco do almoço. Brava e impotente, eu saía da mesa batendo o pé e entrava no quarto batendo a porta. Era sempre Ruth quem vinha atrás, abria devagar sem bater, ajeitava-se na beirada da cama e me convidava para sentar perto.

– Perdoa ela filha, se você tivesse visto o olhar da Bina quando criança ia entender tudo.

E continuava:

– Era um olhar, que não era só tristeza, porque tinha um tanto de medo também. Isso que parece sempre meio morto nos olhos dela, piora com a bebida, mas quando ela tinha um ano, já era assim. Acho que tem uma luz que só vai acendendo no olho da criança quando ela vai se sentindo amada. Por isso que desde pequena, o olhar da sua mãe nunca teve brilho, porque faltava amor. Teve uma idade em que Bina, toda vez que chegava na frente da sua avó, fechava os olhos e só abria quando ela tivesse saído. A mãe nunca durava muito no mesmo lugar que a filha. Ver a menina dava dor de cabeça, Dona Eva explicava. Na época, eu ficava me perguntando por que a criança fazia isso, achava que ela não queria ver a mãe, um dia entendi que ela fechava os olhos não para não ver, mas para desaparecer.

Eu ouvia, sentia pena, raiva, mas era culpa o que mais sentia. Tinha o que minha mãe desejava, e não tinha o que eu queria. O amor de Eva era meu, mas o amor dela não.

Capítulo 36

Quando Bina fez dois anos, Eulália e meu bisavô exigiram uma festa em comemoração e a partir daí, Eva soube que não poderia ignorar a filha para sempre.

A verdade é que por mais que fingisse não se importar com o que diziam, minha avó era a patroa e começou a perceber que, durante as reuniões que promovia e mesmo torneios ou pescaria, olhavam-na com receio. Eva podia ler a pergunta comum. O rosto de cada empregado dizia "essa pessoa pode ser mesmo boa e não amar a única filha?" Minha avó queria explicar, mas ela também não entendia.

No fundo, Eva tinha esperanças de que nos primeiros anos, à medida que a menina fosse crescendo, ela acabaria se aproximando e quem sabe até se afeiçoando, mas isso não aconteceu. O tempo passava e ela não sentia nada mudar dentro, continuava alheia a Bina e mantendo a filha alheia a ela.

Seu maior medo era odiar muito a menina, mas foi constatando espantada que o que sentia, não era ódio, era mesmo desamor. Antes fosse o ódio, que pode mudar de cara, arrefecer com o tempo. O desamor, sendo um não sentimento, é irremediável.

Eva era alguém que amava tudo o que era vivo. Amava os seres humanos, as plantas, os animais, até mesmo o céu, a chuva e em especial, os fins de tarde de verão.

Era no lago que o sol se punha, e minha avó organizava verdadeiras excursões para o que ela chamava de "maior espetáculo da natureza". Fazia sanduíches, garrafa de café, carregava cadeiras dobráveis e descia até o deque de madeira onde muitas vezes, por causa do calor e da bagunça, a molecada ainda mergulhava.

Ensinava as crianças a cuidar das plantas e bichos porque tudo era um pedacinho de Deus que, caindo na terra, virou aquilo que estavam vendo. Os filhos da fazenda, passavam horas ouvindo suas estórias e suas lições. E adoravam.

Como podia então, não amar a filha?

O que mais impressionava minha avó era a sensação de não amar a filha nem mesmo como uma parte do seu Deus. Bina não ecoava dentro dela. E quando odiava alguma coisa na filha, era esse nada que estava odiando, aí massacrava Bina.

Uma vez confessou:

– Tudo que é vivo, acende uma luz em mim. Luzes bonitas ou feias, mais claras ou mais escuras, muitas luzes ou uma só. Sua mãe, não me acende nada.

Capítulo 37

No começo, Eva ainda se esforçava. Fazia uma graça com Bina de longe, mas sem conseguir disfarçar o mal-estar que aquela criança causava. Nunca se aproximava muito como alguém entre o nojo e o medo de um cachorro babando, sarnento e raivoso. No fundo, era assim que via Bina, uma criança capaz do monstruoso, lobo em pele de cordeiro. Via, na filha, todo o insuportável dela mesma.

Quanto mais se empenhava em dissimular, mais evidente ficava, para ela e para os outros, que não conseguiria estar perto da menina sem desprezá-la. Era incontrolável, um vício. Via Bina e imediatamente precisava humilhar a filha, proteger-se dela. Se falava com alguém da criança, tinha sempre reservado um comentário maldoso, sarcástico. Ruth, meu avô, ou quem estivesse perto, tapava os ouvidos de Bina, mas não seu coração que ouvia tudo e chorava quieto pela mãe que não nasceu com ela. Porque toda criança sabe que mãe e filha nascem juntas.

O que nasce junto com filha sem mãe é o oco. Vira casca e vazio.

Bina crescia virando isso, um ninguém.

Corria na fazenda que só existem três tipos de criança; a que não come, a que não dorme e a que não faz cocô. Bina era do tipo que não comia. Não que seu sono e seu cocô fossem espetaculares, mas o que começou ruim e só estava piorando era o comer.

Quando bebê, já percebiam que para aceitar o peito, Bina tinha que ficar muitas horas sem leite, quase faminta. Caso contrário, não havia artimanha que enganasse a pequena. Quem vinha amamentar, tentava de tudo. Várias mulheres molharam o bico no mel, na garapa e até no doce de leite sem sucesso. Bina só mamava quando não aguentava mais resistir a existir.

Qualquer coisa além do leite, só pôs na boca depois de um ano quando Eva, cansada do desfile pela sala de mulheres peitudas cheirando azedo, deu um basta e disse:

– Se não quiser comer, que morra de fome, mas leite de peito aqui não entra mais.

Ainda que todos conhecessem seus não sentimentos em relação à filha, minha avó só falava essas coisas para Ruth. Quando Bina tinha sete meses e Eva percebeu que não poderia nunca amá-la, chamou Ruth:

– Você é a única que vai conhecer o tamanho do desamor que sinto por Bina e, se te escolho Ruth, é porque sei que é boa e vai proteger a criança disso.

– Disso o que Dona Eva?

– Disso em mim que vai sempre estragá-la.

Sem Ruth, Bina teria submergido.

Coube, portanto, à empregada sustentar o desespero da menina na impossibilidade de ter peito assim como em aceitar água, chá, fruta, sopinha ou o que mais tentassem oferecer. Bina chorou as primeiras horas forte e, aos poucos, seu choro foi virando mais uma queixa, uma injustiça. Depois de quatorze horas sem líquido ou comida, Bina aceitou chupar a água na ponta dos dedos que Ruth oferecia.

Para fazer a menina começar a comer, tentaram todos os sabores, era uma greve de fome que buscava romper a lei da greve de amor imposta por Eva. Bina sempre perdia, no último momento, quando o amor de Ruth por ela vinha salvá-la da inanição amorosa. Só na presença dela, e depois de muito sacrifício, Bina se alimentava, muito pouco, quase nada. Seu peso, já tão leve, não parava de diminuir.

Um dia segurando uma fruta nas mãos, Ruth ofereceu à Bina que, recusando a polpa, fez como com a água. Mamou o suco que escorria pelos dedos negros e brilhantes. Agora, frutas, legumes, arroz e feijão, batata amassada e até carne e frango, chegavam à boca de Bina espremidos pelos dedos de Ruth.

Saber que a filha estava comendo, ainda que apenas dessa maneira, causou alívio no pai, e nada na mãe, que só comentou:

– Ainda bem. Achei que ia ter, eu mesma, que resolver esse problema.

Capítulo 38

Daquele dia e por muitos anos depois, Bina só comeu o que partia das mãos de Ruth.

O problema é que a criada, era como uma mãe que trabalhasse fora. Ainda que fosse a maior responsável pela criança, isso não fazia parte do seu trabalho. Como havia dito claramente a Eva, seu desejo seria poder olhar exclusivamente a menina, como não pôde, e era boa nisso, remodelou seu desejo para que ele se realizasse. Assumiria Bina como pudesse, iria vê-la de manhã e à noite, tentando iluminar um pouco o futuro obscuro que esperava uma criança tão sem amor.

Cuidar de Bina nada exigia de Ruth. Tinham uma linguagem de alma parecida. Figurantes da vida viviam, ambas, uma nulidade.

Bina foi crescendo assim, pouco vista e menos ainda requisitada. Fora o amor que a criada oferecia, não recebia mais nada. Tinha vislumbres de um bom pai, mas sua presença era tão furtiva que não conseguia preencher dentro de Bina, o lugar que era para ele. De Eva, aprendeu a manter distância para fazer doer menos.

Na escola da fazenda, não se interessava verdadeiramente por nada. Nem pela obrigação, nem pela diversão. Prestava atenção na professora, mas logo perdia o interesse e sua mente voltava a esvaziar. Com outras crianças, brincava um pouco, mas era muito esforço aquela alegria, então logo parava.

Bina gostava era de estar em casa, quieta, e sempre que saia era para lá que queria voltar. Não se sentia bem no mundo.

Sempre inadequada, esquisita. Por isso, a mudança para a cidade aos doze anos, desmoronou minha mãe de vez.

Como um prédio sem fundação, Ruth sabia que Bina não resistiria em pé para sempre. Quando ouviu sobre o internato e depois sobre a mudança da família toda, ficou apavorada pela ideia de minha mãe longe e mesmo depois de saber que iria junto, o pavor não passou. Porque o apavorante era saber que Bina, sem a fazenda, começaria a ruir.

O pai não tinha coragem de falar, e Eva tratou a coisa como se não fosse um problema dela. Foi Ruth quem comunicou a Bina que mudariam. A menina não disse nada. Nos seis meses seguintes, não disse mais nenhuma palavra.

Voltou a falar quando chegaram à capital, e a voz que ouviram saiu estranha, uma voz de ator em cena, que Bina adotou como dela, sem ser. Escolheu uma voz parecida com a ideia dela mesma ideal.

Precisava parecer tranquila, à vontade, para se segurar em um dos lados da fissura abissal que se abria dentro dela.

Quando estava sóbria, era essa a voz que usava. Socialmente, essa era sua voz. Assim como o avô, escondia a bebida dos olhos dos outros.

Capítulo 39

Dali, Bina se perdeu para sempre. Ficou irreconhecível.

Trejeitos falsos, risadas desmedidas, roupas da moda nunca em quantidade suficiente. Tentou de todas as maneiras ser uma igual, mas o desconforto permanecia e quando chegava em casa, desabava nos peitos de Ruth que, fazendo igual com a Bina pequena, amassava com os dedos a comida para ela comer "– Só um pouquinho."

Dos doze aos dezesseis anos, Bina tentou fazer amizades que não davam certo, foi uma aluna insuficiente que o dinheiro do pai passava de ano, trocou muitas vezes de roupa, e emagreceu a olhos vistos. O esforço de Ruth em alimentar minha mãe, garantia que ficasse viva, mas não dava conta de manter seu peso.

Quando Bina foi à costureira com os pais fazer um vestido para sua primeira festa, a moça largou a fita métrica, chamou Eva e meu avô para uma sala ao lado e perguntou se haviam percebido que a magreza da filha não era normal, se ela estava doente ou coisa assim.

Meus avós nem haviam percebido que Bina estava magra.

No exercício da paternidade e nada mais que isso, foram investigar.

Começou então um vai e vem de médicos. Iam aos melhores consultórios e os melhores médicos vinham em casa. Alguns diziam que era frescura da idade, outros prescreviam medicações fortíssimas e, nesse meio, apareceu um doutor suave que conseguiu, com cuidado, cuidar de Bina. Percebeu que a única pessoa ali, que tinha com a paciente uma ligação real, era Ruth e fez dela uma parceira na dura tarefa de trazer aquela menina à superfície, para ela respirar um pouco. Com um tanto de remédio e muita conversa, minha mãe voltou a comer as minúsculas refeições que seriam sua alimentação pelo resto da vida.

Esse médico salvou Bina da inanição, não da bebida.

A outra face da recusa é a dependência absoluta.

Em menos de um ano, ela estava apresentável de novo. Tinha um corpo bem feito, uma musculatura forte e recuperado o peso normal, surgiu uma moça bonita injetando sangue nos olhos masculinos.

Começou a namorar cedo porque não tinha quem proibisse. Eva não se importava e meu avô só se importava com Eva. Meu pai tinha 25 anos, nove mais que Bina, um trabalho que pagava suas contas e nenhuma possibilidade de mudança. De família simples e trabalhadora, o destino de meu pai sem minha mãe teria sido trabalhar muito esperando o salário pouco no fim do mês. Por alguma razão, na mistura de sangue dos pais veio, só nele, o gene da ambição.

Representante de uma empresa de adubo garantia seu emprego com muita lábia e pouca ética. Foi com essa conversa que meu avô que virava e mexia se encantava com alguém, se encantou com ele. Convidado para jantar na casa vestiu o melhor terno, mesmo sem saber que lá morava uma moça.

Bina entrou na sala e meu pai perdeu o jeito, todos perceberam, inclusive ela, que pela própria lisonja, apaixonou-se.

Tiveram, como em todos os inícios, a fagulha, mas logo viram que no lugar de pegar fogo, apagou. Mesmo assim continuaram juntos e casaram três anos depois. Sempre foi conveniente, desde o começo.

Meu pai largou o emprego para administrar alguns negócios da família e minha mãe assim que pôde largou meu pai na cidade e voltou para a fazenda. Mantiveram o casamento assim, quase não se falavam e menos ainda se viam. Contentavam-se com amantes que não contentavam, meu pai com várias e Bina, com um único vida afora.

Capítulo 40

Bina chegou à fazenda comigo bebê e, vendo a alegria de Eva, fez de mim uma espécie de oferenda, tentando aplacar a ira do Deus raivoso que era minha avó com ela. Ao mesmo tempo, pela primeira vez, tinha um poder sobre Eva e esse poder era eu. Se a acidez da mãe começava a transbordar demais, Bina dava a entender que precisaria passar alguns dias na cidade, e como essas eram as únicas ocasiões em meu pai me via, Eva ficava à mercê da decisão da filha e imediatamente recuava.

A estratégia funcionou bem nos meus primeiros anos de vida, quando Bina ainda sentia falta de um pouco de glamour. Com o passar do tempo, voltava para a cidade cada vez menos e quando o fazia era sob ameaça do meu pai. Não porque ele estivesse com saudades dela ou quisesse nos ver. Exigia que a mulher voltasse para casa, só quando havia uma situação de trabalho envolvendo as esposas.

Essas ocasiões eram difíceis para minha mãe que tinha que driblar a atenção do meu pai para poder beber, permanecer sóbria nos eventos, parecer alguém interessante e ainda, quando estava na cidade, tinha que cuidar dos três filhos que, na fazenda, a terra dava conta.

Sendo um bom negociante e ficando com o dinheiro que ganhava, meu pai fez prosperar a parte dos negócios da família que cuidava e, finalmente, enriqueceu. Nunca o suficiente. Cada milhão era o estímulo para o próximo. Trabalhava de forma alucinada, estabelecia novos negócios e contatos diariamente o que obrigava Bina a acompanhá-lo com certa frequência nos primeiros anos e cada vez menos à medida que a esposa definhava. Logo, entre amigos e nos negócios, o que surpreendia as pessoas era a presença e não a ausência de minha mãe.

Tinham esse acordo de desinteresse mútuo, pelos filhos inclusive, mas permaneceram casados enquanto moraram em mundos diferentes. Um dava status ao outro, ainda que as existências mal se cruzassem.

Mesmo assim, esse casamento nunca foi um problema para nenhum dos dois e a verdade é que não tinham o hábito de se incomodarem, como fazem as pessoas que não se gostam.

Meu pai nem mesmo questionou as duas vezes depois de mim que Bina apareceu grávida e eles não haviam se encontrado no mês anterior. Não que tivesse estabelecido com meus irmãos alguma relação da qualidade pai e filhos, mas não se deu ao trabalho de checar nem a paternidade. Não tinha intenção nenhuma de criar uma situação que o obrigaria, por honra, a separar-se. Além da perda financeira que isso representaria, vivia exatamente da maneira que gostava.

Tinha muitas amantes e nenhuma esposa reclamando da hora avançada ou do batom na camisa, namorava como um solteiro sem que as namoradas esperassem dele compromisso, pois deixava claro de início, que era casado e, para completar a lista de benefícios, nas ocasiões sociais convenientes, tinha uma esposa. Estava livre para não se comprometer com nada que não ele mesmo.

Provavelmente porque dos três, eu era sua filha, tinha comigo uma ligação mínima e fui a única com quem manteve contato até o fim solitário, mas não necessariamente triste, que teve.

As farsas duram o tempo que precisamos delas e com a morte dos meus avós e o fim da fazenda como era, Bina deu para meu pai a parte dos negócios que ele cuidou desde o casamento, abriu mão do resto e conseguiu um divórcio rápido.

Quando veio morrer na cidade, não foi ao lado dele, estavam separados.

Capítulo 41

Entre os doze e os quase vinte e um anos, Bina veio pouquíssimas vezes para a fazenda. Enquanto solteira, Eva evitava a viagem a qualquer custo temendo que meu avô reencontrasse Rosália e depois, recém-casada, não comportava vir sozinha. Então, quando voltou mulher, tendo saído menina, mesmo os empregados mais discretos da casa sede, comentaram o espanto da sua beleza. O único que não disse nada foi o jardineiro e foi exatamente nele, que Bina descobriu com os olhos de mulher, um homem bonito que seus olhos de menina nunca haviam visto.

A maioria daquelas pessoas estava ali há muitos anos, antes mesmo de Bina nascer, e era com elas que convivia diariamente até partir para a cidade. Agora, voltando com uma filha, adulta, estranhava o tratamento formal e a falta de intimidade deles com ela. Tratavam-na senhora e estavam preocupados em servi-la. Percebendo que suas brincadeiras acabavam por constrangê-los, ao invés de deixá-los mais à vontade, Bina parou de brincar e aceitou o lugar de patroa.

A primeira vez que reencontrou o menino estava razoavelmente sóbria. Viu de longe aquele homem comprido jardinando. Acelerou o passo lembrando quando era criança e corria para saltar no colo daquele gigante, mas quis dar meia volta quando se aproximou. Seus corpos se reconheceram na beleza, suas almas nas tristezas e houve entre eles, um olhar, um arrepio correndo na espinha de um, com o outro sentindo.

Aquela faísca que com meu pai apagou, entre eles, por solidão e por vingança, fazendo vento, atiçaram até pegar fogo.

O calor de fevereiro andava enlouquecendo todo mundo na casa. Eu com menos de um ano sofria cheia de bolinhas pelo corpo e vivia coberta com uma pasta branca, mistura de água e maisena, no colo de minha avó que andava comigo de um cômodo a outro tentando encontrar uma brisa que sossegasse meu choro.

Bina estava, como sempre, na última moda. Todos os dias de sua vida, não importando onde estivesse ou a ressaca, minha mãe acordava, tomava banho, maquiava-se e se vestia como se fosse a uma festa. Elegante e de corpo bem feito tinha, obviamente, os figurinos próprios para a cidade e os próprios para o campo, mas saía do seu quarto de manhã como alguém que, nos sonhos, renovou a esperança.

A realidade e o acúmulo de bebida no corpo faziam, com o passar das horas, Bina desmontar. Como se a cada sessenta minutos na vida, um pedaço dela caísse e chegasse a noite toda destruída. Sonhando, juntava os cacos e aparecia nova de manhã.

Naquela tarde de calor, minha mãe, transpirava na roupa chique e, incomodada, bebeu bastante. Seu vício ainda não tinha sido descoberto e Bina mantinha escondidas garrafas no seu quarto. Seu vem e vai da sala para dentro, chamou a atenção de Eva que, comigo no colo, resolveu espiar. Vendo Bina virar vodca no gargalo, olhou para ela com tanto desprezo que a filha, entre envergonhada e aliviada – porque o crime serve à punição –, saiu pela varanda voltando tarde quando a casa toda dormia na frescura, depois da chuva.

Bina saiu e foi bater na casa do menino, que abriu a porta sem perguntar nada e deixando que ela, acalorada e embriagada, tirasse a roupa na sala, foi buscar água e um café forte. Nem deu tempo, Bina se enroscou nele e só largou quando não encontrou mais nenhuma resistência e quando a ânsia dele estava evidente.

Fizeram amor muitas vezes naquela tarde-noite juntos. Esgotaram o desejo e não sobrou nada. Bina quis uma bebida e ele deu, mais outra. Na terceira pediu a ela que voltasse para casa.

Agiram, no dia seguinte, como se não houvesse acontecido, e para sempre trataram essa tarde como à parte do romance, como se o responsável por tanto fogo tivesse sido o sol e não eles. Aquilo, como naquele dia, nunca mais se repetiu.

O que aconteceu, passado um tempo depois, foi de outro jeito.

Capítulo 42

Daquele encontro, passaram-se três anos até que Bina voltasse a procurá-lo. Foi uma época em que ainda íamos com certa frequência à cidade ver meu pai. Lembro bem pequena de perceber as mudanças de comportamento na minha mãe quando estava na fazenda e quando estava na cidade. E de pensar que em nenhum lugar era ela.

Depois que Eva descobriu sua bebida e contou para todos da casa, Bina perdeu parte do pudor e agora deixava a vodca na geladeira, ainda que armazenada em garrafas de água com seu nome. Tendo o vício exposto, disfarçava menos também a embriaguez. Além disso, na fazenda, por causa de Eva, Bina estava sempre receosa das minhas aproximações. Na fazenda, bebendo fácil, Bina era mais relaxada com os outros e mais tensa comigo e na cidade, sem beber, minha mãe vivia mais tensa com os outros e mais à vontade comigo.

Na segunda vez que Bina bateu na porta do menino, era julho e estava frio, um frio que roubava a esperança do mundo. Minha mãe foi até lá, procurar um pouco disso e como encontrou, decidiu voltar todo dia. Sem surpresa, o menino atendeu. Para se aquecerem, sentaram perto e deram as mãos para esquentar ficando assim muito tempo, até Bina levantar e sair, porque precisava beber e entendeu que ali sua bebida não caberia.

Não tiraram as roupas ou fizeram amor. Ali fizeram uma parceria na dor que não se desfaria mais.

No dia seguinte Bina o procurou, no outro também e em todos os outros enquanto o jardineiro viveu. Menos na época em que meus avós descobriram e Bina passou dois meses miseráveis na casa sede. Como ninguém mais tocou no assunto, voltou a frequentar a casa do menino e a história acabou aí.

Nem mesmo quando apareceu grávida do meu primeiro irmão e depois do outro, ninguém falou mais nada.

Até onde sei, o menino também tratou o surgimento dos meus irmãos com uma naturalidade absoluta, como alguém que não tem relação com o que está acontecendo e nem responsabilidade sobre o fato. O menino era uma doçura só com as crianças da fazenda e obviamente com meus irmãos, mas agia como quem não liga os acontecimentos, como se o fato de ser o amante de uma mulher que engravidou sem encontrar o marido, não se relacionassem.

Mesmo com Bina, o menino nunca falou a respeito.

Amaram-se provavelmente. Enquanto o menino viveu, Bina manteve algum equilíbrio, um resto de sobriedade.

Minha mãe suportava com ele, sem beber, até metade do sol sumir, depois disso, sua dor ficava funda demais para ela aguentar a seco, então ia para casa fingir que comia e beber de verdade para tentar calar o eco do oco nela.

Bina e o amante não falavam sobre a bebida. O tempo passado juntos era separado do resto, criaram uma rotina e no contexto deles, tinham uma vida normal.

Minha mãe chegava na casa antes dele voltar do trabalho, nos jardins da sede. Organizava um pouco, afofava almofadas e começava a preparar a comida. Havia descoberto nela, com ele, um prazer em cozinhar. Ficava fascinada com o poder de transformação da culinária. O que era uma coisa, misturado, cozido, assado, virava outra. De tudo no cozinhar, o que Bina mais gostava mesmo era dos elogios sinceros do menino. Descobriu-se boa cozinheira e, pela primeira vez, descobriu-se boa em alguma coisa. Não comia o que fazia. Seu prazer era ver o menino chegando faminto, pedindo um bocado para provar antes do banho e ela, negando, fazia o cheiro bom ainda mais forte para virar tortura.

De banho tomado e roupa limpa e cheirosa eles sentavam à mesa e enquanto ele comia e se deliciava, minha mãe observava orgulhosa dela mesma.

Todo menino gosta de doce e ele não era exceção. Bina passava horas preparando sobremesas, escolhendo as melhores frutas da estação para fazer as tortas e compotas, coalhando o leite para adoçado com mel virar cobertura dos morangos. Batendo claras em neve para fazer suspiro que ela cobria com doce de leite cozinhado por séculos no fogão à lenha. Fazia cocada branca e marrom, pão de ló coberto com geleia, o menino voraz, comia de tudo e repetia. Sentada à sua frente, Bina devorava seus elogios com a mesma voracidade.

A hora da refeição era para os dois mais animada que o amor que faziam de vez em quando, devagar e meio sem vontade.

Terminando de comer, o menino ia fumar lá fora enquanto Bina arrumava a cozinha. Quem visse da janela estranhava aquela mulher toda elegante lavando louça na casa simples, mas quem olhasse bem, veria que ela estava, nestes momentos, quase feliz.

Antes de Bina partir ficavam um tempo em silêncio, na rede lá fora no verão e na cama quente no inverno. Na sua hora, minha mãe levantava e partia, deixando o amante bem alimentado e ela um pouco mais nutrida de amor.

Capítulo 43

Bina amava Eva como um carnívoro desdentado diante da carne suculenta.

Às vezes penso que o que Bina bebia era a mãe. Dava grandes goles que acalmavam e traziam o alento que minha avó poderia dar a uma filha que ela amasse, mas que não pode dar a Bina.

Até comigo, Eva se perdia nela mesma. Sentávamos para conversar, começava falando para mim, mas depois falava sozinha comigo na frente. Suas lembranças, misturadas com seu olhar longe, criava histórias onde era impossível separar a verdade do colorido das tintas que minha avó jogava sobre todas as coisas, para que nunca um acontecido fosse pálido e sem graça.

Em outras ocasiões, estava quieta e deixava escapar um pensamento como se o outro tivesse percorrido com ela todos os caminhos desse pensar até aquela frase. Fazia isso com certa frequência e era quase assustador, olhava dentro dos olhos da gente e falava coisas soltas, desconexas ou cheias de sentido e dali, voltava ao silêncio anterior.

Eva quase não falava de Anastácia, minha bisavó. Dizia que lembrava pouco e que nunca seria uma boa mãe porque não teve tempo de aula suficiente para aprender.

– Perder mãe boa, é dor para sempre. Esse sofrimento Bina não vai ter.

Além do assunto Bina, o outro que tirava Eva do sério era Rosália. Ela foi o motivo da única briga que teve com Ruth na vida. Nem briga foi porque imediatamente a empregada calou a boca quando viu a braveza da patroa, mas já era tarde demais. Ruth foi obrigada a ouvir um sermão de mais de uma hora onde Eva repetia de formas diferentes que o nome de Rosália era proibido naquela casa.

Tenho pouco para falar de minha mãe. Bina era, sobretudo, uma ausência, um não ser.

Só vi, duas vezes, alguém ocupando seu corpo.

Estava de férias na fazenda, havia passado meu primeiro ano no colégio interno e andava desde o dia da chegada, sedenta de liberdade. Passava os dias inteiros fora, cheirando mato, subindo em árvore, entrando no rio para a água me levar onde quisesse.

O sol nunca me achava na cama, sua primeira luz era o sinal para abrir a porta da casa sede onde só voltaria para engolir o almoço e depois, exausta, dormindo em cima do prato no jantar. Saía a pé, ou a cavalo, ou pegava carona nos tratores, estava em casa e o gosto disso era bom demais.

Nunca lembrava que minha mãe tinha um amante, naquela tarde lembrei porque andava com a mente espaçosa das férias. Sobrou lugar e os pensamentos que não queriam ser pensados começaram a aparecer.

Era já fim do dia, eu estava cansada e resolvi fazer um caminho diferente para voltar, um caminho que passava pela casa do menino. Amarrei o cavalo um pouco longe e fui andando sem saber o que estava fazendo. Sabia que veria Bina lá, não era isso que eu procurava, era outra coisa que soube assim que olhei pela janela.

O que vi foi inesquecível. Bina estava ali, de verdade, arrumando as coisas da casa, cozinhando. Estava uma pessoa preenchida de alma. Havia nela uma leveza totalmente diferente da moleza da bebida, ainda que em ambas as situações ela flutuasse um pouco.

Vi, na casa do menino, uma mãe possível e gostei tanto que para o resto da vida imaginei que aquela mãe era a minha.

A outra vez que vi Bina presente nela mesma foi enquanto minha avó morria.

Capítulo 44

Pensei muitas vezes se Bina tinha alguma ligação com os filhos, e em todas, concluí que não. Bina foi, assim como Eva, uma mãe omissa e, especialmente na maternidade, omitir-se é puro desamor.

Minha mãe gerava filhos, mas não os gestava. Para gerar, um útero basta, mas para gestar é preciso espaço dentro do coração.

Não que Bina fosse má pessoa, nem era pessoa inteira. Como dar aos filhos o que faltava a ela? No que era tanto de amor, já nasceu devendo.

Se amou o menino, foi porque encontrou nele, um pedaço que faltava nela. Ele tinha experimentado na realidade, o que Bina conhecia no sentimento, o abandono da minha avó.

Como toda novidade envelhece, a notícia do caso entre Bina e o menino passou tal qual pé de vento, causando mais alvoroço que estrago, para logo, ser absorvida pelo cotidiano da fazenda. Ninguém mais se importava quando via passar de carro, capota semiaberta no verão, a filha dos donos da fazenda, toda arrumada, indo estacionar na porta do jardineiro. Nem os dois faziam questão de esconder.

Para mim e meus irmãos, também era normal. Bina era casada com o nosso pai e tinha, com aquele homem grande que adorávamos, uma relação que entendíamos a natureza, mas como ninguém havia nos dito que isso era um problema, não achávamos.

No dia que olhei pela janela do menino, não queria ver se Bina estava ali. Queria ver qual Bina estava ali.

Lembro que em mais de uma ocasião, citamos na presença do meu pai o que acontecia entre Bina e o menino, fora o avermelhado nas bochechas de minha mãe, nada mais aconteceu. O marido traído mudava rapidamente o rumo da conversa, garantindo o não confronto.

Acho que esse é na verdade, um traço importante na vida de minha mãe, o não confronto. Quem sabe se ela e Eva, tivessem se enfrentado algumas vezes, algo melhor teria saído dali. Remoíam seus rancores uma da outra em silêncio, um diálogo interno infinito onde, como falo e respondo, consigo controlar o outro.

Eva oscilava entre o descaso e a obsessão. Passava longos períodos sem considerar a existência de Bina e, sem motivo evidente, o ar na casa começava a mudar e todos os habitantes ali sabiam que Eva havia começado um processo de pequenas batalhas internas. Nessas épocas, quando cruzava minha mãe pela casa, lançava tiros de canhão pelos olhos, e nunca sabíamos se aquela guerra sem adversário duraria horas ou meses.

Minha avó brigava sozinha, Bina não tinha forças e, secretamente, sentia-se vingada e culpada por ter podido viver com o menino o que Eva só pode desejar.

Minha mãe confrontou Eva em uma única ocasião, quando o menino, caindo da escada, ficou mais para morto.

Capítulo 45

Minha mãe estava passando alguns dias na cidade quando recebeu a notícia da queda. O menino estava fazendo a poda de uma árvore antiga e alta, perdeu o equilíbrio caindo, com seus quase dois metros, de uma altura de quase três.

Ruth, desobedecendo Eva, avisou Bina que voltou desvairada, tentando evitar a própria morte.

A existência do menino deu à minha mãe muito mais anos de vida do que ela teria sem ele. Para escolher permanecermos, precisamos de ligações amorosas. São as linhas invisíveis dessas relações que nos prendem à terra, sem elas, voamos feito bexiga escapando da mão de criança. O menino e Ruth foram as linhas de Bina.

O pai, que tinha sim amor por Bina, não podia demonstrar e amor sentido, sem demonstração, deixa sempre uma dúvida. Como minha mãe não se ligava aos filhos, também nunca nos ligamos a ela. Sobraram Ruth e o menino com suas ofertas de ligação tênue, mas estável, garantindo que Bina vivesse da vida um tanto mais.

Quando o menino morreu, minha mãe se manteve alguns anos, na expectativa do amor de Eva. Só que aí, a linha que mantinha minha mãe na terra, era parente da morte e não da vida.

Na queda do menino, quem não sabia do caso entre os dois, descobriu.

Mesmo há dias sem ver os filhos, ainda crianças, Bina nem na fazenda passou, foi direto para o hospital na cidadezinha próxima só para cuidar dos papéis da transferência do menino para a capital. Não perguntou se podia, nem pediu ajuda. Desapareceu por quarenta e cinco dias, engolida pela poltrona ao lado da cama do amante internado.

Voltou a dar notícias quando o jardineiro voltou a falar. Chegaram à fazenda algumas semanas depois e Bina, sem nenhum constrangimento, instalou-se na casa dele, e lá ficou, até que estivesse recuperado.

Lembro dessa época com estranheza, uma época de mãe sóbria.

O período de internação do menino e a dedicação de minha mãe haviam servido para que ficasse sem beber e, quem a visse, acharia que abandonara o vício. De fato, apesar do cansaço, sua pele brilhava mais e sua voz parecia mais firme, sua cabeça, sempre baixa escondendo a embriaguez, começava a ficar na linha do corpo. Ainda assim, olhando direito, dava para ver, o esforço, a dor, o sofrimento, a abstinência. Tudo isso, fermentando hora a hora, trouxe minha mãe de volta para a casa-sede, e a bebida de volta com ela.

Com o acidente do menino e meu avô na casa de Rosália, Bina voltou e encontrou uma mãe ressentida como se a traição da filha fosse dupla.

Bina aguentou por pouco tempo o olhar de Eva a seco, logo as "garrafas de água" nomeadas de minha mãe voltaram à geladeira. Mas nem isso durou muito.

Depois da queda, o menino não foi mais o mesmo. Já não podia cumprir a função de jardineiro – que era só o que sabia ser – e agora passava os dias varrendo a varanda, cuidando dos cachorros e trazendo o leite da madrugada. Sempre arrastando a perna direita, que nunca mais ficou boa. De toda a sua altura foi encolhendo.

Cabia a Bina cuidar deste homem precisando de cuidados.

Sem nem comunicar, mudou com suas roupas e vodcas para a casa dele. O menino, mergulhado na impotência, aceitou o que veio. Já não podia proibir a bebida lá, sendo que Bina fazia um favor.

Capítulo 46

O que Eva entendeu da saída de Bina, foi que não tinha mais tanto poder sobre ela. Nem sobre meu avô, que enfim, também havia partido há anos sem voltar. Assim como o menino, Eva envelheceu muitos anos nesses meses, seus cabelos rarearam, sua pele enrugou, riscos profundos com cara de tristeza e os ombros projetados para frente deixavam braços longos e vazios.

Falava pouco e com a voz baixa. Só na presença do meu avô, readquiria certo vigor, ou então, quando contava algum caso da vida dos dois, ali também se animava. De resto, não falava sobre Bina ou sobre outra coisa que não fossem os afazeres da fazenda.

Mesmo de mim minha avó andava distante e lembro que associei seu afastamento às mudanças do meu corpo. Pensava que Eva estava me evitando porque eu estava com peitos e pelos crescendo desordenadamente. Anos depois descobri que esse sentimento tinha ainda mais a ver com a saída de minha mãe.

Foi para Ruth que confessei minha fantasia e ela foi falar com a patroa garantido a Eva que, caso não melhorasse e voltasse a se relacionar direito comigo, eu me acharia feia com meu corpo para sempre. Não sei se foi por isso, mas minha avó começou a reagir e, em pouco tempo, era Eva de novo.

Um ano depois fui para o internato e quando voltei a morar na fazenda, meu avô já havia voltado para casa e Bina também.

Eva aceitou os dois de volta, humildemente e de bom grado. Vivendo sem os dois para torturar, minha avó amadureceu. Mais que isto, humanizou, tornando-se de vez, divina.

Era verdadeiramente boa, sábia e religiosa, mas tinha nela certo orgulho, um triunfo de sobrevivente. Inflava sua potência na fragilidade de Bina e meu avô. A solidão e o desamparo deram a ela uma medida melhor de si mesma e de sua própria fatalidade.

No fim, ninguém voltou "por ela". Rosália estava morta e o menino também.

Aos dezoito anos, cheguei à fazenda e encontrei meus avós apaixonados e minha mãe destruída, só que desta vez, Eva evitava qualquer impulso de maltratá-la.

Capítulo 47

Minhas lembranças do menino são pouco confiáveis. Memória atravessada por olhos infantis, é sempre fantasiada.

E ele era uma figura mágica.

Na fazenda, ainda de madrugada, começavam os barulhos lá fora e eu, criança, acordava assustada pelas estórias contadas pela molecada à exaustão. Além dos conhecidos, mula sem cabeça, lobisomem, saci, surgiam estórias só nossas, das nossas terras, das nossas vidas. Essas eram as mais assustadoras porque usava os elementos que eu conhecia, tocava, usufruía. O peixe devorador de gente que morava no nosso rio e apavorava os dias quentes das crianças, à noite se transformava no monstro da velha mangueira que morava em nosso quintal e em nossos pesadelos.

Era o tempo de abrir os olhos, do coração acelerar e logo eu voltava para um sono desamarrado. O menino já estava acordado, daqui a pouco clareava e até a luz varrer o resto dos perigos do mundo, que são outros à noite, ele nos protegeria.

Empregado da fazenda desde sempre, antes ajudante, tornou-se o jardineiro por anos, até sofrer uma queda da escada e, não podendo mais abaixar, virou responsável por trazer para casa sede um tanto de leite da ordenha na madrugada, por varrer o pátio com a vassoura de palha grossa, que raspando no chão faz um barulho de embalo bom, por cuidar dos muitos cachorros que tínhamos perto de nós e que, por serem enormes, na hora em que se agitavam, só respeitavam o tamanho e os gritos do menino.

Ele era o “espírito” da parte externa da casa.

Tinha entre trinta e sessenta anos, magro e forte, dois metros e alguma coisa, e os maiores pés e mãos que já vi. Estava sempre descalço e diziam que aqueles pés não conheciam sapatos.

Talvez fosse verdade. Eu sempre me impressionava com o fato de ele poder pisar, em qualquer coisa, com tanta naturalidade. Não conseguia imaginar aqueles pés aprisionados.

Estava todo dia de chapéu e cabeça baixa, o que tornava seu rosto um mistério. Praticamente não falava e, quando o fazia, era uma voz gutural, mas incrivelmente melódica.

Destoava por completo dessa figura, seu asseio. À parte os pés, grossos e muitas vezes sujos, o resto era um perfume só. Tomava alguns banhos por dia, e cada banho tomado, era uma troca de roupa por outra, limpa e cheirosa, ainda que sempre rasgada. As mãos, também grossas do trabalho, tinham unhas curtas e bem cuidadas. Quando suava, cheirava cheiro de homem, mas só o bom disso.

Era atemporal, parecia sempre ter existido daquele jeito e que, daquele jeito, continuaria existindo. Apesar disso, lembro de imaginar que, dentro daquelas roupas doadas e obviamente menores que seu tamanho, havia uma criança que brincava descalça quando foi pega pelo destino, tornando-se adulta de hora para outra e tendo como sina viver vestida com suas roupas de criança e os pés descalços.

Esse era o fascínio que o menino exercia sobre as crianças da fazenda, uma sensação de que ele era um amigo bem maior que a gente.

Cresci e, na minha eterna meninice, ouvia um barulho lá fora e nunca mais era o menino.

Juram que, quando morreu, encolheu de tamanho até virar quem era.

Capítulo 48

Escrevo porque preciso ouvir, contar a mim mesma de mim. Destrinchar a mistura dos sangues que é o meu. Justificar minha participação, minha cumplicidade. Escrever me obriga a lembrar, e nenhuma tortura é tão poderosa quanto a lembrança.

Escrevo também para perdoar. Fatos e pessoas contextualizados acabam merecedores de perdão. É ainda meu confessionário, onde busco redenção para essa parte minha que esses anos todos, espreitou as relações. Excluída fazendo parte.

Lembro uma vez na escola, durante uma aula que parecia nunca ter fim, o professor dizendo:

– A presença do observador interfere no observado.

Era isso que a minha presença fazia, impedia que Eva e Bina se comportassem espontaneamente. Muitas vezes pensei que a minha não existência, apaziguaria o desamor entre elas. A plateia é o estímulo do ator. Sempre achei a vida atuada.

Fui feliz por alguns anos na fazenda, quando ainda podia saber tudo, mas não precisava conhecer o que sabia, os outros, passei procurando à toa essa felicidade.

No meu tempo feliz, minha pele respirava terra e bicho, meu corpo não tinha limites e minha alma, de tão livre, abarcava o mundo. Uma criança tocava a outra dando prazer e isso não era proibido, nem feio, era só gostoso. Toda brincadeira era uma aventura porque tínhamos os elementos necessários para o cenário que decidíssemos. Tínhamos mato, árvores, rio, flores, animais e espaço, muito espaço. Em todas as minhas lembranças dessa época, estou correndo. Lembro de correr o dia todo, dançar, pular, cantar até cair desmaiada na cama. No outro quarto, minha mãe também havia desmaiado na cama, mas eu ainda imaginava que, assim como eu, Bina estava cansada.

Um dia, quis experimentar a água dela. Peguei a garrafa na geladeira, servi-me e, como o dia estava quente e eu correndo, virei num gole só. Lembro da garganta queimando, o gosto forte da vodca ardendo as narinas e eu engasgando e cuspindo. Percebi que era aquele o cheiro que eu cheirava, quando minha mãe passava perto de mim. Tive medo. Pela primeira vez na minha vida ainda tão curta, senti que havia algo muito errado, mesmo não podendo costurar o raciocínio. Lembro que pensei, melhor ir brincar e esquecer isso.

Cinquenta anos depois, continuo pensando quase igual.

Sou um monte de medo amontoado. Hoje percebo como era frágil o que me sustentava. Ouvir que não fui o objeto direto do amor da minha avó, encaixou em mim, desorganizando o resto. Sobrou no lugar o medo. Só ele me sustenta agora. Meu medo é piegas, óbvio, universal. Tenho medo que não me amem, me abandonem, não me perdoem. Tenho medo do que já aconteceu, ao que já sobrevivi.

Da infância na fazenda, tenho as melhores lembranças e o maior assombramento.

Meus dias eram cheios de cor. Onde morei, todas as cores do universo se misturaram umas com as outras em algum momento, criando o maior matizado que vi. Viajei o mundo, Índia, China, África, sem nunca mais ver tanto colorido junto. As flores não nasciam iguais, a cada florada, um tom abaixo ou acima da florada anterior garantia que, ano a ano, o mesmo lugar perecesse outro.

Na horta próxima, plantava-se o que a casa consumia. Cabia às crianças – ou acreditávamos nisto – a responsabilidade de plantar e colher os legumes e verduras. As mudas eram trazidas das grandes plantações e da horta oficial que, gigantesca, alimentava o armazém da fazenda. Ainda que praticamente todas as casas contassem com uma pequena produção no quintal, muita coisa era adquirida lá.

Um único canteiro da horta era proibido para nós. Eva havia ordenado que plantassem mudas de rosas – maiores e menores, pálidas ou berrantes – por aproximadamente vinte metros e lá, só ela mexia.

Dizia que aquele canteiro tinha feito para Deus. Uma forma de contar a ele que era grata e homenageá-lo. Todo dia passava horas em silêncio, cuidando das flores. Quem visse, podia jurar que Eva estava rezando ou mais ainda, conversando com ele face a face porque, segundo dizia, todo belo do mundo era Deus puro. Entrava em uma espécie de encantamento, fechava os olhos para ouvir melhor, sorria de vez em quando e outras vezes parecia discutir coisas sérias, quase numa negociação. Algo nela se transformava e era uma luz.

Em um dia quente, de céu cor de petróleo anunciando chuva, minha avó me convidou para um passeio. Eva enlouquecia as pessoas e com prazer o marido, quando via o céu começar a escurecer e resolvia sair para passear.

– Quantas vezes Eva, preciso implorar para você ter juízo! Um relâmpago te pegar não custa nada!

– Dona Eva, a senhora sabe que é perigoso! Para que provocar a natureza assim? – Era Ruth com as mãos na cabeça.

Minha avó entendia os argumentos como desafios, saia pisando duro e dizendo que não sabia como ia morrer, mas tinha certeza que não era de raio.

Eva me levou até a horta, eu tinha menos de seis anos, pediu que tocasse suas rosas com delicadeza.

Foi quando descobri que o proibido, permitido, perde metade da graça. Ainda assim, era espetacular. Eu seria a única a colocar as mãos nas rosas de Dona Eva. Entre as crianças, isso seria muito mais importante do que ela ser minha avó.

Toquei com cuidado, respeito, sem entender porque, mas sabendo que deveria me comportar assim. Minha avó pediu para eu sentir como eram suaves, macias. – A união da melhor seda e do melhor veludo. Não conhecia as palavras, muito menos os tecidos, mas meus dedos sentiam o que ela estava dizendo.

– Ele está aí. – Eva falava de Deus: – Em cada pétala, cada folha, cada grão de terra e em cada gota de chuva que começa a cair. Assim como está em você, na pontinha do dedo que tocou as rosas, cada fio do seu cabelo, todo seu corpo dentro e fora. Acho que deveria guardar ele no seu coração também, em muitos momentos da sua vida, é só o que vai encontrar.

Perguntei se Ele estava no coração dela, Eva riu:

– Claro. Meu coração só bate porque Deus quer.

– E no da mamãe? Perguntei, tentando juntar as duas.

Foi a única vez que a vi entristecer falando da filha. E esse ínfimo afeto parecia um milagre divino.

– Não consigo saber nada do coração de Bina, muito menos se alguém mora nele.

Quantas vezes desejei que Eva mentisse para eu poder, livremente, amar minha mãe.

Capítulo 49

Minha avó talvez não soubesse se o menino morava no coração de Bina, mas acabou sabendo que era com ele que minha mãe passava as tardes quentes por estar quente e frias por estar frio.

Depois do último encontro antes do casamento de Eva, os dois nunca mais se falaram como ela havia determinado, ainda que ele continuasse trabalhando nos arredores da casa-sede e mesmo depois da morte do jardineiro quando ele assumiu oficialmente a função.

Coube desde o início a Ruth, intermediar a relação dos dois. Caso precisassem se comunicar por alguma razão, lá ia a empregada:

– Dona Eva quer que pode mais a cerca viva.

– Toma cuidado com as janelas Dona Eva, porque o menino avisou que deu lagarta na palmeira perto do quarto.

Com o passar dos anos, o romance entre a dona da fazenda e o ajudante de jardineiro foi perdendo a força entre os empregados adquirindo, aos poucos, um ar de lenda. O que agora, todo mundo sabia, era do romance entre Bina e o jardineiro e a maioria dos empregados não juntava as histórias.

Minha mãe partiu da fazenda aos doze anos, menina crescendo, voltava nas férias cada vez menos. Aos dezenove casou, aos vinte eu nasci e voltamos de mala e cuia para lá.

Meu pai era, para mim e para todos, uma figura distante de quem na maior parte do tempo, não lembrávamos a existência. Bina então, não lembrava dele nunca! Inclusive, vivia como se descasada fosse.

Tratou desde sempre, seu romance com o menino jardineiro, sem grandes espantos. Começou sumindo quando o dia iniciava a acabar e voltando só umas sete da noite para comer com o pai. Aos poucos, foi perdendo inclusive o jantar. Ninguém ousava fazer perguntas porque, ficando mais tempo fora de casa, passou a beber um pouco menos.

Abandonou, por exemplo, o hábito do primeiro gole de manhã, antes mesmo do café.

Durante os primeiros três anos do caso entre eles, Bina conseguiu segurar a primeira dose para depois do almoço. Virava a segunda e terceira, já banhada e perfumada, antes de sair as quinze horas e sempre voltava dos encontros sóbria. Jantava e mamava vodca até dormir de bêbada.

Não que fosse pouca bebida, mas agora pelo menos, estava melhor em alguns períodos do dia. Considerando isso, ninguém da casa perguntou, ou investigou o que se passava. Hoje acho que, no fundo, foi um alívio enorme para todos nós, um pouco de ausência daquela figura sempre largada no sofá, olhos embaçados de choro e álcool, como uma estátua cujos contornos mal feitos deixava disforme.

Foi mais de um ano até que boatos quase oficiais chegassem à casa-sede, fazendo explodir, ao mesmo tempo, todas as bombas armazenadas nas almas dos moradores. Ainda que os pais tolerassem as escapadas diurnas da filha casada, saber quem a acompanhava nessas horas de alívio dela e dos outros, foi coisa demais.

Quem tinha se calado até ali falou e quem falava sempre, acabou calando. Tenho certeza de que naquela época, a revelação fez o coração de cada um da casa sangrar. Até o meu, não por minha mãe ter um amante.

A única vez que Eva me bateu, foi um tapa só, mas sofri como um corpo estraçalhado de apanhar.

Eu tinha cinco anos e uma melhor amiga. Filha de trabalhadores que moravam próximo à cerca que funcionava como divisão do mundo rico e do mundo pobre, minha companheira era um pouco mais nova que eu e bem mais chorona. Não nos separávamos e sem conceitos adultos para atrapalhar, ela tinha inveja da minha vida e eu da vida dela, como é normal entre as crianças.

Brincávamos e nos divertíamos às gargalhadas. Conheço a sensação de rir tanto até fazer xixi nas calças, porque tive essa amiga na vida. Alguém com quem se viveu isso é mais que uma irmã.

Todo esse amor, contemplava e aceitava o ódio que brotava dele mesmo. Não perdíamos a oportunidade de cutucar uma à outra. Algumas vezes por pura crueldade e outras para estimular a inveja ou disfarçar o medo do abandono.

Naquele dia minha amiga chegou com a novidade cruel.

– Ouvi dizer que o namorado da sua mãe, namorou antes sua avó.

Tomei um susto, não pela referência ao namorado da minha mãe, mas porque ao mesmo tempo em que descobria, entre elas, um universo comum, morriam minhas chances de unir as duas.

Havia agora um homem entre elas. Unindo e separando eternamente.

Capítulo 50

Entrei em casa e fui direto até o quarto da minha avó.

Não bati na porta como costumava, nem baixei a voz para não incomodar. Eva, que estava deitada com enxaqueca, rodelas de batata presas por um lenço na testa, levantou da cama assustada.

Frente a frente com ela disparei um tom acima do que pretendia:

– Você namorou o namorado da Bina?

O tapa veio seco, de mão aberta e desespero. Pegou em cheio a face esquerda e, imediatamente, quis oferecer a direita. Entendi o que tinha feito, apunhalei minha avó e abri todas as rachaduras.

Não que Eva fosse cega ou surda, o fato é que até que eu fizesse a pergunta, minha avó ignorou todos os indícios que levavam à óbvia conclusão de que o namorado da minha mãe era o menino. Ignorou por ser insuportável. Quando perguntei, a frase dita em voz alta ganhou ares de verdade e todos os pontos juntaram formando a figura. Ela não podia mais não ver.

Não sei exatamente o que Eva disse a meu avô, mas quando Bina chegou naquela noite, o pai a puxou pelo braço levando direto para o quarto. Sua braveza ecoava pela casa aos berros. A única tentativa de Bina argumentar foi reprimida por um sonoro: – Cale a boca!

Ouvir aquele homem doce, de alma moldada feminina no amor não correspondido por Eva, gritando assim com minha mãe, depois de eu ter apanhado de minha avó, me deu a certeza de que era verdade e de que, a partir dali, as coisas piorariam.

E assim foi.

Eva, que mal se dirigia a Bina antes, agora estava fechada em copas. Quando se encontravam em um mesmo ambiente da casa, criava-se entre elas uma distância enorme, empurrando cada uma das duas para um canto espremido, como se evitassem o contágio. O ar ficava raro e as respirações curtas.

Depois desse episódio, Eva se sentiu liberada, até mesmo da formalidade da relação. Como se a atitude de Bina, justificasse as suas. Estava livre da culpa de não amar a filha e tinha agora, inclusive, razões para odiá-la se quisesse. Mas não queria. O que sentia, de verdade, era inveja. Inveja de todas as tardes que Bina passava acompanhada do menino, de todos os abraços e beijos trocados, das carícias, do corpo aquecendo e esquentando outro corpo, de quando ela mesma ainda se achava uma boa pessoa nos braços dele.

O que minha avó não sabia, era que Bina e o menino, juntavam-se para tentarem, nessa união, trazer um tanto da Eva para eles. Ficavam sós e abraçados, o abraço gerando solidão. Juntavam-se porque o coração de um, conhecia a dor do coração do outro. E porque tinham pena da falta que a distância de Eva causava neles.

Capítulo 51

Onde estavam meus irmãos enquanto tudo isso acontecia?

Lembro pouco deles. A não relação entre Eva e Bina, e minhas múltiplas hipóteses criadas tentando entender o que se passava entre as duas, tomava conta do cenário familiar, do ar que eu respirava na casa, do café da manhã ao chá de cidreira antes de dormir. Não havia espaço para mais nada e a figura dos meus irmãos se diluía nisso.

Adulta, vivi como se não tivessem existido.

Minha história é uma história de mulheres, de dores femininas, de cabelos compridos e invejas longas, de amamentar ou não o outro. Uma história da falta, do buraco, do vazio. Vazio que homem nenhum preenche.

Meus irmãos, de certo, também experimentavam o oco. Um foi morar no exterior e concretizar fora o sentimento de dentro. Tornou-se o que se sentia, um estrangeiro, apartado, desconhecido, uma vida sem raízes. O outro, mais novo, pouco soubemos, até saber da sua morte.

Dos três filhos, fui a única a ir para a cidade estudar. Os meninos, meu avô achou que já podiam ficar por lá aprendendo a função que cabia aos homens da família, administrar a fazenda.

Como foi com Bina, foi também comigo. Completei doze anos e Eva, durante o almoço, comunicou minha mãe e meu avô que havia decidido para qual colégio eu iria. O que aconteceu em seguida foi um divisor de águas, porque pude entender como a protagonista nunca era eu.

Anunciada a escola, Bina disparou a pergunta:

– É interno?

E Eva sorrindo:

– Não. Você agora terá que ficar mais tempo na cidade com sua filha.

Bina ficou desesperada, mas como sempre calou. Para surpresa geral, meu avô se manifestou.

– Eva, desta vez eu decido. Ela vai para um colégio interno. Os meninos ficam e Bina também.

Como meu avô nunca se opusesse a ela, Eva soube que ele estava falando sério e, virando um copo de suco, engoliu a contrariedade.

Assistindo a cena, uma sensação de desde sempre, começou a ganhar contorno. Eva queria Bina longe dela e do menino, Bina queria ficar perto do menino e do pai, e meu avô, ainda que soubesse ser uma besteira, sentia-se mais seguro da chance de um dia conquistar minha avó, tendo Bina perto e ocupando o menino.

Ninguém falava de mim.

Acabei interna em uma escola que foi meu inferno e minha salvação.

Dos doze aos dezoito, só ia para a fazenda durante as férias e feriados prolongados. O resto do tempo estudava e esperava a visita de Eva e meu avô que traziam com eles um cheiro conhecido, de terra recém-chovida e fruta colhida no pé. Vê-los era um bálsamo para minha alma tão desencaixada deste lugar em que agora eu vivia. Prisioneira de um uniforme que deveria permanecer limpo, do rabo de cavalo que não podia estar frouxo ou de uma voz sempre mais baixa do que minha liberdade precisava.

Bina nunca veio me visitar, nem meus irmãos, nem meu pai que morava a exatamente cinco quadras dali.

Todas as vezes que perguntei à Bina por que ela não ia me ver, ouvi como resposta:

– Pensei em ir, mas as férias já estavam chegando.

Capítulo 52

Assim que fiz dezoito anos, voltei para a fazenda e só saí de lá quando, depois que Eva morreu, Bina decidiu contratar profissionais para administrá-la.

Sem minha avó para ferir e sem o menino para cuidar de suas feridas, minha mãe não tinha mais razões para ficar.

Bina voltou para a cidade e como já estava separada, foi morar em uma casa bem pequena, onde passava os dias se alimentando de vodca. Poucos meses depois, recebi um telefonema do meu pai dizendo objetivamente:

– Sua mãe se enforcou. O corpo ainda está na sala da casa dela. Te encontro lá mais tarde quando minhas reuniões terminarem.

Eu tinha então, vinte e cinco anos, um irmão que não sabia em que país estava, outro morto e uma orfandade absoluta.

Meu irmão mais velho foi, de fato, aprendendo o trabalho de um fazendeiro. Trabalhava muito o dia todo, mas às seis horas, ia perder dinheiro no seu único vício. O baralho. Nunca bebeu, nunca fumou, mas o que ganhava perdia e o que perdia ganhava nesse ciclo sem fim do jogo. Desde moleque, quando as apostas ainda eram figurinhas, chegava um dia carregado delas e no seguinte voltava sem nenhuma, arrependido e culpando a má sorte.

Quando minha mãe entregou a administração a outras pessoas, ressarciu nossa perda determinando que cada filho recebesse uma mesada realmente grandiosa para recém-saídos da adolescência. Era, ao mesmo tempo um pedido de desculpas pela própria incapacidade e uma forma de dizer, não me procurem, nem me incomodem. Não consegui ter paz vivendo, quero agora ter paz para morrer.

O que em mim, estava sempre lendo minha mãe, leu isso e não fez nada. Assim como a morte da minha avó tirou um peso da vida de Bina, eu imaginava que, se minha mãe morresse, eu ficaria livre de desejar o amor dela.

Assim que recebeu a primeira mesada, meu irmão se despediu e disse que iria viajar o mundo, eu sabia que o mundo se resumia às cidades onde, o jogo liberado, permitisse madrugadas inteiras de mesa verde. O advogado contratado por ele para fazer o depósito mensal, tinha também um contrato de sigilo. Estava proibido, sob qualquer circunstância, de falar onde encontrá-lo. Nunca mais tive notícias dele nem pude avisar da morte de Bina.

Meu irmão mais novo, ainda criança, já era um problema. Não que alguém se importasse com isso. Todo dia chegava de olho roxo ou arranhado, com a boca sangrando. Nos melhores dias, ao invés das brigas, caía da árvore e quebrava o braço, passava no arame farpado e se cortava, pisava com o pé descalço no prego enferrujado.

Sempre encontrava uma maneira de se machucar, mas sua especialidade eram as brigas. Tinha o tempo todo um inimigo, o moleque que ele cortou a pipa, o da falta no futebol. Ele vivia como uma criança que não era herdeira da fazenda.

Adolescente, estava em todas as festas, mexendo com a namorada dos outros e arrumando confusão. Começou a beber cedo e a bebida o deixava ainda mais valente. Vinha cada vez menos para a casa-sede, passava suas noites sabe Deus como e também ninguém perguntava. Sobre as mulheres costumava dizer: – O que me dá fome é a visão do prato. – Acabou engravidando uma filha de empregados e com ela e o filho, morava em um quase barraco.

As bebedeiras e brigas não pararam até o dia em que algum facão mais ofendido golpeou seu pescoço atingindo a jugular.

Na casa, a notícia foi recebida sem surpresa, como se desde o início soubéssemos qual seria o fim. Do assassino, não se soube mais, dizem que meu avô decidiu desaparecer com ele, mais para não abrir precedente, do que por ter matado seu neto.

Capítulo 53

Meus dois primeiros anos no colégio roubaram alguns quilos, minhas risadas e minha vontade de viver. Mesmo um caco de alma, não deixava que me vissem chorando. Não queria decepcionar minha avó e sabia que para ela, sem muito estudo, neta estudada era motivo de orgulho.

Toda água que compunha meu corpo, agora era lágrima.

À noite, enquanto no quarto as meninas dormiam, eu aproveitava o escuro e o silêncio para existir, porque minha existência era só tristeza. Cada pedaço meu sangrava saudade, meus olhos nublavam na falta do verde e do azul, meu nariz, de tão saudoso, alegrava-se com a lembrança do cheiro do estábulo, minha boca se arrependia de cada grão de arroz ou feijão, esquecidos no prato, nas refeições da fazenda. Minhas pernas pediam para correr e meus braços para abraçar.

Se uma lágrima ousada teimava em aparecer durante as visitas de Eva, eu disfarçava e ela fingia não ver. Eu queria voltar e ela me queria de volta, mas não falávamos nisso.

Foram tempos de travesseiro molhado, noites mal dormidas, olhos vermelhos e uma dor que grito nenhum no mundo daria conta.

Interna, tentava resistir ao desejo de me lembrar de mim. A criança que fui, a infância na fazenda, a ignorância das coisas, pareciam lembranças de outra vida que evitava porque faziam doer. Sentia-me, o fantasma de quem fui.

A vida caoticamente compartilhada da fazenda foi ficando esquecida e descobri, no colégio, como viver pode ser solitário.

Por outro lado, hoje sei que os anos no internato, afastaram-me por um tempo da relação destrutiva entre Eva e Bina, que respingava tanto em mim. Além disso, distanciar-me delas criou um hiato de existência só minha. Hiato responsável pelo pouco de saúde mental onde me agarrei uma vida inteira.

Mesmo assim, tenho certeza, foi no colégio interno que comecei a morrer.

Aquele prédio de cimento cru, onde chamavam de jardim quatro árvores e um tanto de grama, com toda a sua igreja, santos e obrigações de rezas, estavam me afastando de Deus. Pior, estava me impedindo de jogar com ele.

Nas minhas primeiras memórias de mim, já jogava esse jogo com Deus. Todo dia, um dos primeiros pensamentos da manhã era para ele. Fazia uma pergunta ou dava bom dia e pedia uma pista. Queria saber se ele estava mesmo por lá. Na sua bondade divina, perdoava minha falta de fé – que punha diariamente sua existência em questão – e mandava o sinal.

Eu e Deus não tínhamos nada muito acertado sobre como seriam as pistas ou que tipo de sinal ele mandaria, mas eu sempre sabia quando ele falava comigo. Às vezes eram duas joaninhas namorando, ou uma flor mais chamativa que as outras, um passarinho piando diferente.

Logo quando aprendi a escrever, adquiri o hábito de anotar antes de dormir, o que Deus me disse naquele dia. Era um caderninho roxo que meu avô ganhou no bingo e me deu. Na letra da menina, leio "família de pardais", "amoras muito doces", "arco-íris". Uma escrita, às vezes caprichada, outras um garrancho, dependendo do cansaço.

Lendo, revejo as cenas e as sensações. Olhar no muro e ver um casal de pardais e seus dois filhotes, o espanto pelo doce das amoras arrancadas da amoreira direto para a boca ou quando, em uma descrição mais detalhada conto de um pássaro bonito e diferente que vi no gramado. Marrom com penas longas fazendo uma calda comprida. No topo da cabeça, um penacho. Seu tamanho e atitude também eram diferentes dos pássaros da região, maior e mais altivo, pouco se mexeu quando me aproximei sentando perto. Começou uma cantoria, olhei para cima e vi, naquele céu azul, passarinhos de milhares de cores voando em verdadeira comemoração. Lembro de achar esta, uma pista especial de Deus, por isso os detalhes.

Tanto concreto estava me fazendo perder as pistas de Deus.

Como um prisioneiro, fiz um cálculo exato de quantos dias teria que passar no colégio até terminar os estudos e poder voltar para a fazenda. Descontei os meses de férias e descobri desesperada que ainda faltava muito tempo. Me imaginava voltando para a minha vida de antes, sem pensar no passar dos anos e nas transformações que fariam em mim.

Capítulo 54

Na noite da minha formatura – de Bina e pai ausentes – terminada a cerimônia, fiz meus avós voltarem comigo para a fazenda, desconsiderando a distância e cansaço. Não aguentava de ansiedade. Durante os últimos anos, todas as noites dormidas na cidade, dormia pensando que logo partiria.

Queria desesperadamente dormir no meu mundo, podendo esquecer o universo fora.

Naturalmente, não foi o que aconteceu.

Os primeiros dois meses passei como quem passa férias, combinei com meus avós que, iniciado o ano letivo, assumiria as responsabilidades pela escola da fazenda. Até lá, aproveitaria para descansar e recuperar o tempo perdido.

Caí da jabuticabeira caçando as últimas, tive dor de barriga de comer tanta manga verde, gripei nadando no rio à noite, vi pouco Bina e muito Eva, fui feliz. Achei que tinha voltado para casa.

Começaram as aulas e eu, animada, tinha grandes projetos. Aquela seria uma escola modelo. Outras fazendas viriam copiar nosso ensino. No meu entusiasmo, não imaginei que alguma coisa poderia não funcionar. Muito menos que essa alguma coisa fosse eu.

Era janeiro, tinha dezenove anos e muitas certezas. Em junho, já havia perdido mais da metade delas.

A escola estava linda, recém-pintada, mesas, carteiras e lousa novos. Encomendei um material de ensino moderno e atualizado, meus avós haviam me dado autonomia para arrumar o que considerasse necessário. Apesar disso, as crianças não frequentavam a escola.

Preciso explicar, as salas estavam sempre cheias, lotadas na verdade, mas os alunos nunca eram os mesmos. Rapidamente percebi que a função daquele espaço era, primordialmente, um lugar onde as mães pudessem deixar os filhos caso tivessem que trabalhar fora de casa ou fazer compras.

Lembrei que quando era aluna aqui, cada dia que ia à escola, encontrava amiguinhos diferentes. Mesmo eu criança, poucas vezes ia à aula. Na maioria dos dias, ficava em casa tendo lição de leitura, matemática, tricô ou de vida e Eva era minha professora.

Quando voltei a viver na fazenda, retomamos o hábito de passar tempo juntas.

Desde aí, tornei-me minha própria ventania.

Minha melhor amiga de infância na fazenda, apesar de termos a mesma idade, estava casada e com dois filhos pequenos, o mais novo com oito meses.

Esses anos todos, quando vinha de férias do internato para a fazenda ela encontrava um jeito de passarmos bastante tempo juntas sendo criança de novo. Apesar das realidades quase incomunicáveis – eu, menina de colégio interno e ela casada e mãe – tínhamos um lugar onde nos reencontrávamos, nosso passado comum e cúmplice.

Quando voltei a morar aqui, driblamos as diferenças por alguns meses e depois fizemos o luto da convivência ainda que o amor tenha permanecido.

Capítulo 55

Bina eu raramente via e quando a via estava sempre em um mundo que ninguém mais acessava.

De segunda à sexta, eu acordava bem cedo e ia para a escola trabalhar. Eram cinco salas, teoricamente para diferentes idades, na prática, nunca sabíamos quem viria e acontecia com frequência de recebermos muitas de uma idade e poucas de outra, o que nos obrigava a misturar as crianças.

Ainda que houvesse uma professora para cada turma, eu passava as manhãs correndo de sala em sala mais apagando incêndios do que formando seres. Ao meio dia voltava para almoçar, exausta e desanimada, na companhia de Eva.

Tinha a sensação de ter voltado para casa e encontrado só o terreno.

Aos poucos, mesmo o tempo que gastava para preparar as aulas, foi perdendo espaço. Passava minhas tardes com minha avó. Não fazíamos nada, regávamos as plantas, tomávamos um chá, ficávamos quietas e solidárias. Algumas vezes Eva falava bastante, outras silenciava por horas, a mim, cabia seguir seu ritmo. Podíamos ter conversas intensas e fluidas ou quietudes reconfortantes. Era como uma doutrinação. E ambas ficavam felizes por isso.

Ainda assim, havia para mim, uma estranheza na nossa relação, como uma intimidade que, desajeitada, não se apresenta.

No encontro amoroso quase tardio com meu avô, minha avó estava cada vez menos terrena. Eva agora compartilhava a dimensão dos apaixonados, ápice da angústia e da beleza da vida. Tinha uma ligação forte com a fazenda e seu dia a dia, mas era uma ligação de partículas de alma.

Dizia que seu espírito estava ligado ao espírito das rosas ou do gado, de cada grão de areia que cobria o jardim ou construiu as paredes. Que ela existia em tudo e tudo existia nela. Era esse o alcance da liberdade humana, o tamanho da nossa existência, o espaço que cada um ocupava no mundo.

– Compartilhamos todos os espaços no espaço de todas as coisas e as pessoas não percebem, porque só conseguem circular pelo espaço do próprio umbigo. – Minha avó costumava dizer.

Sua alma havia feito as pazes com a alma de meu avô e com quase todo o resto.

Capítulo 56

Nos anos passados interna na cidade, escapava de um cotidiano opressivo buscando nas memórias da fazenda, sobrevida para as próximas horas. E era tanta riqueza, que saía atrás de uma lembrança, mas encantada com outras encontradas no caminho e esquecia a que tinha ido buscar.

O tempo longe acordou minha morte e minha vida, nunca mais viveu em paz.

Quando voltei, não encontrei nada do que lembrava.

Meus olhos já enxergavam através de mim.

Na infância, partindo das minhas pupilas, um véu colorido cobria a terra, quando voltei, não havia mais véu. Dos meus olhos, cobrindo tudo, saía um manto negro de um tricô vagabundo.

Bina, depois da morte do menino, mantinha o ritual de artista de cinema nas manhãs, mas eu percebia que começava a despedaçar cada vez mais cedo. Acontecia de, aos oito, já ver nos seus passos a incerteza da bebida. Meu avô fingia mais uma vez que nada acontecia e Eva estava mais doce com o mundo e torturando minimamente a filha.

A doçura de Eva vinha do estado de amor correspondido entre ela e meu avô. Mesmo isso me incomodava. Como se minha avó houvesse, no fim das contas, sucumbido ao amor de um homem fraco.

A melancolia do meu bisavô, de Eva, de Bina, agora me habitava também.

Foram anos arrastados, de avós remoçando, mãe esfarelando e longos banhos de cachoeira para acalmar o calor que arrepiava meu corpo jovem, exigindo escape. Até meu avô morrer.

Eva acordou naquela manhã procurando o marido, achou estranho que ele levantasse tão cedo para ir "sabe se lá aonde". Além do mais, nem Ruth que era um despertador de passarinhos, havia visto o patrão sair. Na cozinha, nenhuma xícara fora do lugar. Lá fora meu avô também não estava. Vi seu carro e garanti a Eva que só podia estar em outro lugar da casa.

– Ele acordou muito cedo hoje, me chamou "Eva, já vou. Você vem comigo?" Disse que tinha muito da fazenda para cuidar, ele me beijou a testa e dormi de novo.

E brava:

– Por que não levantei e fui junto? Estou ficando uma velha preguiçosa!

Decidi ir até o quarto deles, procurar alguma pista do meu avô, que encontrei dormindo quieto, na cama já fria pela ausência de Eva e presença da morte, que deitada com ele, ocupava o lugar da minha avó.

Capítulo 57

Gritei por Ruth, mas Bina veio atrás tropeçando. Assim que viu o pai começou a chorar e Eva correu antecipando a tragédia.

Olhando o marido morto, minha avó envelheceu todos os anos perdidos desse amor, seus cabelos branquearam de vez e as lágrimas escorrendo, rasgavam a pele criando sulcos tão profundos quanto a angústia da alma desalmada.

Da boca trêmula ouvi:

– Quero ir com ele. Preciso me desenterrar da fazenda.

Eva decidiu então, que não queria mais viver. Decidiu também que não poderia tirar dela mesma, uma vida que, nas contas finais, havia sido tão generosa.

Como louca, fazia propostas aos empregados, oferecendo dinheiro para quem aceitasse o trabalho de matá-la. Se alguém olhava com dó, acreditando na dor da perda por trás do pedido, não conhecia minha avó o suficiente para enxergar a certeza nos seus olhos.

Eu sabia que ela acabaria conseguindo.

Tentou obrigar a coitada da Ruth, que virando as costas, deixou a patroa falando sozinha pela primeira vez nos anos todos. Com Ruth, argumentou, chorou, implorou e quando nada mais surtiu efeito, começou a silenciar e a se retirar do mundo.

A Bina e a mim, só pediu ajuda para morrer, quando seu desejo de morte já tinha começado a assassiná-la.

Foram alguns meses de martírio e fazenda abandonada nesse tempo em que Eva foi parando de falar, andar, comer, beber, enquanto desenvolvia uma tosse que a fazia sufocar e correr a casa inteira para acudir.

Os administradores pediam orientações de trabalho e nem Bina, nem eu, sabíamos o que fazer. Eva havia perdido todo o interesse por tudo, inclusive por mim, o que me deixou perdida e sem chão. Tentava trazer minha avó de volta e para isso fui obrigada a fingir que estava melhor do que realmente me sentia, acreditava que, falando de coisas boas e belas, Eva acabaria animada. Demorei muito para entender que provavelmente, naquele momento, ela precisava poder falar e ouvir do feio, do triste, do morto.

Fui me despedindo dela, um pouco por dia, mas sentia que minhas visitas ao seu quarto deixavam-na ainda mais esgotada. Não queria que a visse assim, não tinha certeza se eu era capaz de entender aquela tristeza toda como uma forma de dizer: "– Não suporto a ideia de tirar minha vida ativamente então vou tirar passivamente". Sua tristeza, a deixava feliz. Era um prazer, um triunfo sobre a lei das coisas.

Até que um dia acabou. Eva acordou morta.

Bina rapidamente contratou gente de fora para cuidar da fazenda, mudando a mim e a ela para a cidade, cada uma em sua casa e as duas sem lar. À Ruth, Bina deu uma enorme soma de dinheiro e disse que agora poderia fazer o que bem entendesse. Ruth escolheu continuar na fazenda, servindo quem naquela mesa grande sentasse.

Capítulo 58

Nunca tive filhos, foi minha maneira de quebrar a maldição das mães insuficientes. Morta antes da hora, incapaz de amar a filha, bêbada, uma geração repetindo a outra na falha materna. Dei meu basta. Minha recusa em tê-los, foi a maior prova de amor que pude dar aos meus supostos filhos.

Casei nova, com um homem de bem e de bens, que somados aos meus, garantiu-nos na vida uma pequena fortuna. Não foi um amor, foi uma escolha, da qual nunca me arrependi. Por ser um homem bom, pude admirá-lo até o último dia; e sentir orgulho do seu parceiro de vida, torna-nos mais orgulhosos de nós.

Quando me vi, aos vinte e poucos anos, órfã de mãe, avós, irmãos e de um pai vivo, fui engolida por um solo fétido e grudento de onde não conseguia mais sair. A constatação com o passar dos dias de que ninguém viria me resgatar, tornava tudo tão mais terrível quanto confortável.

Terminado o enterro da minha mãe, fui para a casa onde morava sozinha e de lá não saí mais. Enquanto durou o estoque de comida, ainda me alimentei, mas à medida que tudo ia acabando, minha vontade de comer ficava cada vez menor. Passava os dias deitada e só levantada para pegar a correspondência, que o zelador deixava na porta, assim, eu pensava, ninguém tocaria a campainha.

Nos primeiros dias, assistia televisão comendo pipoca, devorando em seguida uma barra inteira de chocolate. Era como uma criança deixada em casa sozinha. Ia dormir a hora que tinha sono, fosse à tarde ou madrugada, comia quando tinha fome e o que bem entendesse, tomava banho se queria. Com o passar dos dias não via mais televisão, lia ou mesmo ficava acordada. Praticamente não comia o que me mantinha sonolenta todo o tempo, minha pele coçava na falta de água e sabão e não havia em mim, nenhum pensamento. Não estava triste ou faminta, meu corpo e minha mente estavam adormecendo também e um torpor tomava conta das minhas horas.

Enquanto pude, recolhi a correspondência que se resumia a propagandas e extratos de banco. Nem uma coisa, nem outra, me interessavam. Sabia que meu pai estava cuidando do inventário e além disso, a mesada que recebia desde que viemos para a cidade e passamos a fazenda para especialistas administrarem, era tão absolutamente alta, que eu não seria capaz de gastá-la ainda que fizesse um enorme esforço.

No estado em que estava não desejava nenhum bem de consumo, só queria dormir, muito e para sempre.

A fraqueza foi tomando conta de mim e eu já não conseguia levantar e abrir a porta para recolher as propagandas. Meu gato, cada vez menos alimentado, tinha longos períodos de uma miação sem fim. Meu vizinho, que eu nem sabia da existência, decidiu por conta própria que havia alguma coisa muito errada, arrombou minha porta e me encontrou inconsciente. Dei entrada no hospital com um quadro grave de inanição, depressão e desidratação.

Fui alimentada e hidratada, mas remédio nenhum conseguia me livrar da depressão. Quando a comida e a água me tiraram do torpor, senti uma tristeza enorme, que me empurrava para um vácuo, um lugar árido, escuro e vazio, desesperadoramente vazio. Curado meu corpo e percebendo que pessoa alguma se responsabilizaria por mim, os médicos do hospital decidiram me internar em uma clínica de ricos deprimidos. Foram alguns meses até eu desejar respirar espontaneamente e assim que experimentei essa força em mim, descobri que estava forte o suficiente para tentar me matar de verdade. Foram três tentativas e três fracassos.

Quando fui salva pela terceira vez, cheguei à conclusão que só conseguiria efetivar meu suicídio fora da clínica. Resolvi, de fato, melhorar para sair dali e me matar em paz.

Melhorei e deixei a clínica. Só não imaginei que fosse encontrar, lá fora, alguém mais disposto a me manter viva do que os enfermeiros.

Capítulo 59

A depressão nos torna ensimesmada. Fiquei tão submersa em mim que quase me afoguei. Em nenhum momento lembrei do meu gato, companheiro dos últimos anos, um bichano que eu amava profundamente.

Minha infância na fazenda me fez acreditar, muito nova, que eu era alguém especial para os bichos. Acreditava na nossa comunicação, tinha a ciência de que parte minha era bicho desde sempre. Olhava os cavalos e sabia o que estavam pensando, passava horas examinando as galinhas, os cachorros e o estrume de vaca para saber se todos estavam saudáveis.

Depois da morte dos meus avós, quando mudamos para a cidade, continuei cuidando da escola da fazenda. Ia até lá semestralmente para organizar as aulas mês a mês. Quase criei um problema para Bina, na contratação dos novos administradores, com essa minha exigência.

Por mais que me dedicasse à preparação das aulas, tinha muito tempo livre e decidi fazer veterinária, uma escolha que me pareceu óbvia e natural.

Não tinha a intenção de fazer disso o meu sustento, não precisava me sustentar, queria passar meu tempo aprendendo coisas que me interessassem. Amava os bichos e tinha saudades da fazenda. Um curso de veterinária parecia capaz de acalmar as duas vontades.

Comecei com esse espírito, mas no meio do primeiro ano já estava tão envolvida que mal parava em casa. Estava negligenciando, inclusive, meu compromisso com a escola.

Com a vida nesse ritmo, o único animal que poderia me fazer companhia era um gato. Chegava tarde da noite, exausta, virava a areia da caixa, jogava comida no pote, trocava a água, dez minutos de carinho e tinha um bichinho feliz.

Gosto de todos os animais, mas minha alma é dos cachorros. Eva conta que engatinhava apostando corrida com eles que circulavam vários por toda a casa, senhores dela.

Minha avó amava os cães e permitia que entrasse em todos os cômodos. Meu avô, para não enlouquecer exigia que tomassem banho toda semana e que ficassem bem definidos os cães da casa e os de fora. Eva acatou determinando que seis fossem de casa e dois de fora. Vencido, o marido pediu para que as camas fossem preservadas, regra cumprida somente quando ele estava presente.

Vem daí meu amor por cachorros e fiel a eles, minha resistência aos gatos. Decidi ter um gato, porque não poderia ter um cachorro.

Gato comprado, com o tempo, aquela companhia pouco exigente, silenciosa e constante foi me desarmando. À noite, ele entrava no cobertor e deitava perto dos meus pés me fazendo lembrar porque Eva desobedecia ao combinado com meu avô.

Meu gato estava comigo há dois anos quando tive a depressão e eu já o amava muito. Constatar que durante seis meses não pensei nele uma única vez, foi a mais assustadora revelação de toda a doença.

Cheguei ao apartamento animada, me sentindo livre para morrer. Minha campainha tocou e era o mesmo vizinho que havia me encontrado. Trazia meu gato no colo. Ter esquecido dele, dimensionou minha depressão. Peguei o gato e comecei a chorar compulsivamente.

Assim como o meu bicho, meu vizinho se tornou uma companhia pouco exigente, silenciosa, constante e foi me desarmando.

Saber de sua esterilidade, fez dele o homem da minha vida.

Capítulo 60

Todo o tempo que passei na clínica, coube a ele alimentar meu gato e por fim, levá-lo de vez para sua casa já que eu não voltava nunca.

Saber disso me manteve viva.

De repente, abrir mão de mim pareceu de uma ingratidão sem fim com esse homem gentil. O desproporcional dos sentimentos na depressão, fez desta constatação, mais um fundo de poço. Pensava na dedicação do vizinho com o gato e era tomada de uma emoção tão forte, como alguém que compartilha, naquele momento, todas as dores da humanidade.

Passei dois dias em casa, chorando copiosamente, até pedir para o meu novo amigo me levar de volta à clínica. Já não tinha forças para me alimentar e nem lembrava do gato de novo. Recebi dele outra proposta, estava escrevendo uma peça e se dispôs a trazer suas coisas e cuidar de nós até que eu melhorasse.

O único contato que meu pai havia feito comigo naqueles dias todos, foi por telefone na clínica, assim que me descobriu lá.

– Para de frescura e volta para a faculdade!

Não ligou mais.

A proposta de cuidado de um quase estranho voltou a me emocionar e a perder o controle do choro. Não esperou minha resposta, saiu e retornou com uma mala. A mim, coube abrir a porta e voltar para a cama, cansada demais.

Foi paciente. Cuidava para que eu tomasse as medicações no horário certo, fazia-me comer o mínimo para permanecer em pé e durante minhas longas crises de choro ou sono, só ficava por perto. Aos poucos, comecei a me sentir melhor, verdadeiramente melhor e pude olhar para ele pela primeira vez. Ouvi quem era, contei um tanto de mim e soube que o pior havia passado no dia em que desejei um sorvete.

A depressão é a assassina do desejar.

Na sorveteria, contou que não poderia ter filhos. Entendi o Deus de Eva e Seu quebra-cabeça gigante. Estava ali o homem que legitimaria minha não maternidade.

Não ter filhos nos uniu a vida inteira. Foi nossa bandeira de juventude, nossa liberdade quando adultos e nossa dor na velhice.

Como ele já morava em minha casa, casamos em menos de cinco meses. Fiz tudo bem simples por medo de ouvir que meu pai, porque viajaria ou outra desculpa qualquer, não me acompanharia até o altar, repetindo meu bisavô.

Meu marido era de uma família boa, família que adotei como minha e pela qual fui adotada. Ele me ensinou a amar o teatro e aprendeu comigo a amar os bichos. Fui uma boa veterinária e ele um bom escritor, mas nunca precisamos pagar contas com isso, trabalhávamos na medida do nosso prazer e fomos bem felizes assim.

Nunca mais voltei para visitar a fazenda. Os administradores haviam modernizado tudo e estavam ganhando e me repassando fortunas com aquelas terras. Preferi minhas lembranças, a fazenda que me habita e para onde vou quando preciso de silêncio.

Sabendo da saudade que eu sentia, ganhei de presente outra fazenda, que mesmo não sendo a minha, aprendi a amar. Passamos a vida assim, enquanto ele cuidava dos escritos, eu cuidava dos animais, e à noite, nos cuidávamos. Fui aos poucos virando outra, e os dias passados com Eva e minha mãe, couberam cada vez menos no meu novo cotidiano.

Para sobreviver, tive que abandonar a intensidade da vida com elas. Recolhi do mundo todas as cores, todas as experiências, amor, ódio e indiferença, e bebi até a última gota. Guardei separado do resto. Afastado da rotina, preservando o dia a dia de tanta luz. Deixei a vida em preto e branco e a depressão tomou conta de mim. Meu marido me ajudou a dosar as tintas com seu jeito sem surpresas de ser.

Da bagagem de outro tempo trouxe Ruth, que passou comigo sua velhice e foi feliz nessa outra fazenda, tão mais previsível que a primeira.

Fiquei esquecida do passado, para poder, no futuro, lembrar de agora, mas por todos os dias da minha vida, em algum momento, a cena da morte de minha avó me tomava de assalto, enchendo o sangue de adrenalina.

Capítulo 61

Quando meu marido morreu, assim como Eva e Bina, eu também quis morrer. Só não fiz nada a respeito porque havia prometido a ele que me manteria viva. A dor foi insuportável, não havia mais nada que me amarrasse à terra. Levei quase um ano de noites constantes até pedir ajuda.

Foi um processo longo e dolorido, mais desagradável que o contrário, mas descobri, ainda que velha para a descoberta, porque fracassei em todas as minhas tentativas de morrer, porque permiti a meu marido me salvar e até a razão que me fez prometer a ele que não me mataria.

Tenho habitando em mim, Eva, Bina, Ruth, meu avô, meus bichos todos, minhas árvores e plantações, um rio que corre refrescando, frutas frescas e suculentas. Tenho, habitando em mim, a fazenda e a liberdade que experimentei lá. É muita vida para eu conseguir matar.

Vivi bem os últimos anos. Encontrei um tanto de paz verdadeira. Diferentemente do meu tempo de casada onde havia paz, mas eu tinha sempre medo dos gritos que poderiam escapar de dentro de mim, o que me impedia de me mexer muito.

Eva dizia sempre:

– Para viver, não se pode estar morto.

Estava esquecida dessa frase até perceber que andei vivendo morta por aí. Descobrir a vida dentro da gente quando achamos que tem só morte faz experimentar uma coisa boa, como se acendessem a luz em um quarto mal iluminado.

Compartilhei com meu marido cada pedaço de terra de dentro e de fora de mim, mas todas as vezes que ia contar da morte de Eva, arrependia-me e voltava atrás, como se aquilo fosse íntimo demais para ser dito em voz alta.

Nunca contei e por isso, acompanhou-me na vida a certeza de ser a única a saber. De três testemunhas, duas estavam mortas. Sobrei eu, sozinha de novo, com algo que não conseguia administrar em mim. Experimentava momentos de poder, havia no mundo um segredo só meu, outros de angústia, onde queria compartilhar para dividir a culpa que um segredo desperta.

Quero morrer sem culpa e sem segredos.

No fundo, não quero que minha história morra comigo.

Capítulo Final

No dia em que meu avô morreu, Eva deixou de existir. Foi murchando, feito planta sem água e não importava quanto sol e chuva eu trouxesse para ela. Simplesmente, não queria mais. Era uma tristeza sem fim, uma escuridão que ia tomando conta. Foi se despedindo do mundo, se retirando para o quarto e para dentro dela.

Falando cada vez menos, quando alguém se aproximava, dizia baixinho:

– Me ajuda? Eu quero morrer.

Foi de mãos dadas com as minhas que falou sua última frase antes de calar de vez:

– Sabe filha, não existe final feliz. Se for final, então é triste.

Dia a dia, foi parando de comer e aos poucos, de beber também. Desenvolveu uma tosse que a impedia de respirar. Como estava fraca, só conseguia voltar a respiração com a ajuda de alguém. Levantávamos sua cabeça do travesseiro, massageávamos seu peito e devagar, o ar voltava. Mesmo esse processo todo estava cada vez mais difícil. Sabíamos, eu e minha mãe, que faltava pouco.

Era madrugada, comecei a ouvir a tosse e o sufocamento que a seguia, levantei rápido, coração acelerado, mas no corredor, percebi que Bina havia chegado antes. Parei na porta entreaberta e sabia que não deveria entrar. Fiquei observando o desespero de minha mãe tentando fazer voltar a respiração enquanto encarava os olhos de minha avó que diziam:

– Não mais, chega, quero ir.

Então, começou a morrer. Eva estava morrendo.

Naquele instante, todas as trincas se abriram. O universo juntou a vontade de minha avó de morrer com o desejo da minha mãe de matá-la.

Era a última oportunidade de conseguir vingança e perdão.

Juntando as mãos ao redor do pescoço de Eva, Bina começou a apertar devagarzinho, como quem quer, mas tem medo.

Os olhos de minha avó olhavam arregalados de ódio e gratidão para os olhos de minha mãe, que olharam – pela primeira e única vez – com a cumplicidade exclusiva de mãe e filha... meus olhos no vão da porta.

Dispo-me de você.

Visto minha fantasia de mim.

Despeço-me pedindo perdão.